日本とドイツの子ども俳句集

日独子ども俳句サミット in 宮古島実行委員会 編

ごあいさつ

日独子ども俳句サミット in 宮古島実行委員会

実行委員長　伊志嶺　亮

　平成十一年四月二十九日、二〇〇〇年主要国首脳会議が沖縄県で開催されることが決定しました。宮古市町村会では、明治六年以来交流があるドイツのシュレーダー首相を招聘しようという動きが出て、五月には早速、県サミット推進室、外務省、ドイツ大使館への打診が始まりました。六月には市町村会、議会、経済団体、婦人団体、教育委員会等十団体による「ドイツ国首相宮古島招聘委員会」が発足し、平成十二年を「宮古島ドイツ友好年」として毎月ドイツに関するイベントを持つことを決めました。たまたま、七月に山田弘子先生主宰の俳誌「円虹」五周年記念大会に、宮古島の元気な俳句児童も参加させて頂きました。「円虹」の会員がドイツにもおられ、弘子先生御自身もドイツの大学で幾度か講話をなされたこともあり、ドイツの俳句も大きな広がりを見せているという話などもあって、「日独子ども俳句サミット」の話がそれこそトントン拍子に進められました。八月には島で実行委員会を立ち上げ、九月には実施要項を作成しました。

　十月にはドイツからツェルセン・フォン・孝子さんがお帰りになった機会に、東京で日本伝統俳句協会事務局長坊城俊樹さん、山田弘子先生にも御出席頂き、子ども俳

句サミットのアウトラインの御指導を頂きました。田舎者集団の実行委員会が日本最高峰の日本伝統俳句協会長稲畑汀子先生、現代俳句協会名誉会長金子兜太先生、現代俳句協会会長松澤昭先生、俳人協会会長松崎鉄之介先生、国際俳句交流協会長木暮剛平先生に選者になって頂けたのも、上記三先生のご助言の賜物であると深く感謝申し上げます。日本で一万九七〇〇余句、ドイツで七四八句が集まりました。文部大臣、外務大臣、郵政大臣、沖縄県知事、県教育長賞など多くの賞が頂けたのも望外の喜びであります。

また、JTAには全面的なご支援を頂き、多くの方々の御協賛も得ることが出来ました。俳句を愛し、二十一世紀を担う日独の子供達に御厚情を頂きました皆様に心からの感謝を申し上げます。日本の伝統文化俳句が、世界の子ども達の心を育て子どもと子ども、国と国をつなぐ大きなかけはしとなりますよう祈って私の挨拶と致します。

祝　辞

ドイツ連邦共和国総領事
ヨハネス・ブライジンガー

日独の友好は過去のものと思っている人は、この「日本とドイツの子ども俳句集」をお読み下さい。この短い詩には面白くて生きる喜びに満ちた、中には皮肉っぽい深い意図のあるものも寄せられており、私は驚き考え込みもしました。創造的な芸術分野で協力したり、スポーツでフェアに競い合う以上に人間的で高貴なものがあるでしょうか。たしかに大人の芸術家が同志として共同で行うこのような例はずっと以前から知っています。それだけにこれから人生を意識し始める世代がこの企画に参加することは将来に大いに希望が持てます。

この俳句集を見て頂ければ、一国の芸術作品や文化遺産が単にその作者やその国のものではなく、考えを同じくする全ての人々、おそらく人類全体のものであることが分かります。大人は自分たちが受け継いだ文化の領域を知っているだけに、そこをなかなか超えられません。一方、今後多くの生活体験に心を開く無心な子どもたちが教えてくれるのは、たとえ険しく歩きにくい地面の上でも、協調性と豊かな理解力の橋を架けることが出来るということであります。

ドイツ人と日本人の出会いは数世紀前に始まりましたが、常にお互いの芸術作品に

特別の価値を見出してきました。長年に渡り常にドイツのクラッシック音楽に情熱を傾けてきた日本の方々にとって、ベートーベンは単なるドイツ人とはいえません。同様に、限られた日本通の人々を超越して、ここに登場する子どもたちは芭蕉のふるさとがヨーロッパにもあることを実証しているのであります。

宮古島の友人の皆様はドイツに対していつも当然のごとく胸襟を開いてくれ、私は特に感謝しております。熱帯情緒豊かな太平洋の海岸にライン川のマルクスブルク城やボーデン湖のマイナウ城のような中央ヨーロッパの建築が新たに生まれ、上野ドイツ文化村の目に見える驚くばかりの、しかも調和の取れた象徴になっています。しかし、それでもドイツ人の詩人が語るように

亡びゆくものは　すべてこれ象徴

です。この俳句集とともに注目してほしいのはドイツ文化村のキンダーハウスです。この石とモルタルの建物も両国の子どもと若者が共有する創造性で活気づくことでしょう。これについてもドイツの詩人は認識しており、その言葉を引用して私のお祝いの言葉とさせて頂きます。

先祖から伝わったもの　それをお前が所有するためには
お前の力で自己のものにしなければならぬ

あしたの地球のために

「円虹」主宰　山田　弘子

　九州沖縄サミットに合わせて、「日独子ども俳句サミット」を宮古島で開こうという発想は最初いささか無謀に近い気がしないでもありませんでした。しかし関係者の熱い思いは開催に向かって着々と準備が進められ、昼夜を問わぬその奮闘ぶりは遥かな神戸の地までひしひしと伝わってまいりました。そして日本全国およびドイツからも寄せられた子どもの俳句作品は二万句を越え、関係者を驚かせたのでした。

　今回の大会が日本の南の端の宮古島で開催されることの意味は大きいと言えます。ここには美しい自然がそのまま残り、訪れる人を感動させてくれます。しかし亜熱帯で四季の変化には乏しく、俳句を作る上において決していい条件とはいえません。でもこの島の子どもたちは自分達を取り巻く自然環境の微妙な季節の変化をしっかりと受け止めて俳句に詠み、俳句を通して自分たちの生きる土地との関わりを認識し始めているのです。

　応募作品は日本伝統俳句協会、俳人協会、現代俳句協会、国際俳句交流協会の四協会の会長が揃って自ら選考の任に当たられるという夢の様な話が実現いたしました。ドイツでは独日協会の方々の大きな協力がありました。これは地球の明日を担う子どもたちに対する大人の深い心と責任感に他なりません。私は宮古の子どもたちとの俳句

のご縁で、今回最初から裏方として関わらせて頂きましたが、今しみじみと感動を新たにしております。

　入賞作品はもちろん、選にもれた作品もみんな子どもたちのきらきらした表情を感じ取ることができました。ここに入賞作品を一冊の句集としてまとめられることは、このイベントの大きな収穫といえましょう。しかしこれは大人の句集とは違って、あくまでも一つの過程であり、ここからが出発点だと思うのです。この「日独子ども俳句サミット」に参加した子どもたちが将来大人になったときにどんな思いでこの一冊を開いてくれるでしょうか。

　　平成十二年六月

（神戸市在住）

もくじ

こあいさつ 伊志嶺亮 3

祝　辞 ヨハネス・ブライジンガー 5

あしたの地球のために 山田弘子 7

特別賞 12

入選句 44

佳　作 96

審査員評 194

協力者（機関）一覧 202

あとがき 203

表紙カバーデザイン　ウイルデザインルーム
本文カット　幸地郁乃

●本書に掲載されている作者の年齢・学年は二〇〇〇年三月時点のものです。

特別賞・選者賞

外務大臣賞

サミットで夏の海越え世界の輪

沖縄県・那覇高校一年
嘉陽田　直樹

文部大臣奨励賞

人形のふくをつくったヒヤシンス

宮崎県・志和池小学校三年
井上 真美

郵政大臣賞

きび刈りの甘い香残る父のシャツ

沖縄県宮古・上野中学校三年
下地　広敏

沖縄県知事賞

盆東風が吹いてサミットやってくる

沖縄県・那覇高校二年
浦崎 千佳

沖縄県教育長賞

水温む母の掌やわらかくなりし

愛媛県・伯方高校一年
島本　真季

宮古市町村会長賞

悔しさをタオルに吸わせて夏終わる

岩手県・遠野緑峰高校一年
奥野　博美

国際俳句交流協会賞

この蝶もわたしも地球のひとかけら

宮城県・みどり台中学校二年
柴田 あゆみ

日本伝統俳句協会賞

熱帯魚のぞけば見える夏の海

沖縄県宮古・宮古農林高校一年
池間 裕

俳人協会賞

大試験気合いを入れる納豆汁

福岡県・九州女子高校二年

阿部　宏子

現代俳句協会賞

陽炎の向こうに行けないもどかしさ

沖縄県（宮古）・宮古高校一年
喜屋武　太

外務大臣賞
Preis des Außenministers

Heiße Nacht im Heu;
tausend Sterne funkeln weit
ich riech' die Ferne.

Helene Rehfeld（15）
(*Camille-Claudel-Oberschule, Berlin*)

干し草の中の暑い夜
数千の星の輝く広がり
私は遠く（未来）を嗅ぐ

ヘレーネ・レーフェルト　15才
カミル・クロデル高校，ベルリン市

文部大臣奨励賞
Preis des Erziehungsministers

Der alte Apfelbaum-
im Morgenrot erstrahlend-
zeigt zarte Blüten.

Svenja Thäsler (14)
(*Theodor-W.-Adorno Schule, Elze*)

年老いたリンゴの木が
朝焼けの輝きの中で
愛らしい花を見せている

スヴェニア・テスラー　14才
テオドル・W・アドルノ学校，エルツ市

郵政大臣賞
Preis des Postministers

Eine Ameise
kommt aus ihrem Bau heraus-
die Welt ist anders.

Christopf Frisch (7)
(*Grundschule a.d. Peslmüllerstraße, München*)

　　　　ありが一匹
　　　　穴から出てくる
　　　　世界がかわっている

　　　　クリストフ・フィッシャー　7才
　　　　ペスルミュラー小学校，ミュンヘン市

沖縄県知事賞

Preis des Gouverneurs von Okinawa

Der Schneemann, der tropft.
Wasser rinnt wie Blut von ihm;
er lebt nicht mehr lang.

Daniel Rychel (13)
(*Stadt. Thomas-Mann-Gymnasium, München*)

雪だるま　ぽたぽたと
水が血のようにたれる
もう長くは生きられない

ダニエル・リヒェル　13才
トーマス・マン市立高校, ミュンヘン市

沖縄県教育長賞
Preis des Erziehungsministers der
Präfektur Okinawa

Ein Eimer Wasser
wartet auf mich im Garten.
Ich spritze Dich nass.

Nicolas Daniel Enders (7)
(*Ikebana-Schule-Karin Enders, Frankfurt a.M.*)

　　　　　ばけつ一杯の水が
　　　　　庭で僕を待っている
　　　　　水をひっかけるぞ

　　　ニコラス・ダニエル・エンダース　7才
　　　生け花学校K・エンダース,フランクフルト市

宮古市町村会長賞
Preis des Bürgermeisters der Stadt Miyako

Krokusse blühen.
Die Sonne leuchtet schüchtern
hinter den Wolken.

Simona Gruber (7)
(*Grundschule a. d. Peslmullerstraße, München*)

クロッカスが咲く
お日様がひっこみじあんに
雲のうしろで光ってる

シモナ・グルーバー　7才
ペスルミュラー小学校，ミュンヘン市

国際俳句交流協会賞
Preis der Gesellschaft für den
internationalen Haiku-Austausch

Seidigblau die Nacht -
verschwommen die Gedanken.
Ein Sommernachtstraum.

Britta Greese (14)
(*Albertus-Gymnasium, Lauingen*)

　　　絹のように青い夜
　　　考えは模糊としている
　　　夏の夜の夢

　　　　　　ブリタ・グレーゼ　14才
　　　アルベルトス高校，ラウィンゲン市

日本伝統俳句協会賞

Preis der Gesellschaft für das traditionelle Haiku

Ich spür' Licht in mir.
Vor mir steht ein gelber Busch -
die Forsythien.

Sinen Ben Mekki (12)
(*Theodor-W.-Adorno-Schule, Elze*)

心の中に光を感じる
私の前に黄色いやぶ
レンギョウ

ジネン・ベン・メッキ　12才
テオドル・W・アドルノ学校，エルツ市

俳人協会賞

Preis der Haijin-Gesellschaft

Flüchtet in Panik
dem Horizont entgegen -
kleiner Schneehase.

Katharina Ufer (15)
(*Gymnasium Sarstedt, Sarstedt*)

   パニックになって
   地平線に向かって逃げてゆく
   小さな雪兎

    カタリナ・ウーファー　15才
  ザールシュテット高校, ザールシュテット市

現代俳句協会賞

Preis der Gesellschaft für das moderne Haiku

Auch heute wieder
wirft er Futter ins Leere,
der Alte am See.

Florian Le Brar (18)
(*Parler-Gymnasium, Schwäbisch Gmünd*)

今日もまた
何もいないのに餌をまいている
湖畔の老人

フロリアン・ル・ブラール　18才
パルラー高校，シュベービッシュグミュント市

木暮剛平賞

あれ、れれれ土がもっこりたけのこだあ

愛媛県・宮内小学校一年　石川　りえ子

タンポポが負けじと咲けりアスファルト

沖縄県(宮古)・宮古高校一年　下地　玲奈

かるたとりこんどはきっとまけないよ

埼玉県・浦和すみれ幼稚園五歳　後藤　緑

すれちがう家族は笑顔お祭りです

富山県・下関小学校五年　筏井　伴鷹

お月さま空にうかんだランプです

鹿児島県・野間小学校五年　浦口　由香

稲畑汀子賞

波の音せみの声するふるさとよ
沖縄県(宮古)・宮古高校一年　嵩原　明季子

沖縄に降らせてみたい春の雪
福島県・田島高校一年　星　貴幸

まどぎわできらりと光る金魚鉢

東京・桜丘女子高校一年　臺　由紀子

さようならしたくないけど桜ちる

沖縄県（宮古）・翔南高校一年　上里由香里

霜柱大地が少し背伸びする

岩手県・黒沢尻工業高校二年　藤村　和也

松崎鉄之介賞

輪になれば即ち仲間ラムネ抜く
大阪・池田高校一年 多田 淳一

とうさんのいつものばしょのこたつかな
新潟県・千手小学校一年 たかはし りほ

春の雲ゆめのかたちをえがいてる

沖縄県・開南小学校三年　柴田　もも

宿題を監視出窓にいるトンボ

富山県・下関小学校五年　渡辺　万智

ストーブの上でやかんがおこりだす

鹿児島県・獅子島中学校二年　浜田　奈央子

松澤昭賞

飛んで行く心の中のすだち鳥

岩手県・花泉高校二年　阿部　泉

春の空希望の数だけ星さがそ

沖縄県・豊見城南高校一年　上間　勇造

静けさに強く見えたる蛍の火

　　　　沖縄県・那覇高校一年　大城　信仁

風の日の落ち葉はずっと旅してる

　　　　千葉県・片貝小学校五年　梅沢　大樹

クレヨンの足りない色の春の海

　　　　宮城県・加美石小学校三年　文屋　のぞみ

山田弘子賞

ひまわりの種とれるころ誕生日

愛知県・安城西中学校一年　前田　好美

家の中とんぼがたすけもとめてる

鳥取・船岡中学校五年　洞　達也

星たちが夜露の草に浮いている

沖縄県・中部工業高校三年　藤原　千代之助

朝礼台春の光でゆれている

埼玉県・宮内中学校一年　小川　竜嗣

地球儀をゆっくりまわし春の夢

島根県・三階小学校四年　山本　楽

入選句

幼稚園の部

おひさまがみんなのあせをしぼってる

福島県・本郷幼稚園五歳　星　悠夏

ゆきだるまわたしとゆめでおどったよ

群馬県・伊香保保育園六歳　こぐれ　あいり

にいちゃんがおふろのうみでおぼれてる

埼玉県・さくら保育園四歳　青鹿　舜

くさのはらぱらぱらおちるはっぱさん

滋賀県・速野幼稚園六歳　市田　彩乃

いもうとのおなかめがけてみずでっぽう

大阪府・マリア・インマクラダ幼稚園五歳　中川　卓哉

かざぐるまくるくるぼくのめもまわる

兵庫県・微笑幼稚園四歳　三村　昌大

くものなみそらにもうみがあるのかなあ

兵庫県・上の丸保育園四歳　前田　圭太

はるのそらくもといっしょにねころんで

徳島県・富田幼稚園六歳　北村　清一

ぽかぽかでかめさんおめめをさましたよ

佐賀県・藤影幼稚園五歳　古賀　咲子

うぐいすのこえにあわせてはしってる

熊本県・出水南幼稚園五歳　こじま　あずさ

はるの日におおきなしまがでてくるよ

沖縄県・開邦幼稚園六歳　こやま　せいや

さとうきびおはなしするとあめのおと

沖縄県・はなぞのようちえん五歳　垣花　るな

とうだいのかいだんのぼりあつかった

沖縄県（宮古）・久松幼稚園六歳　しもじ　かずま

なつやすみおかあさんのおてつだい

沖縄県（宮古）・久松幼稚園六歳　しもさと　なつみ

小学校の部

冬の森よう虫木の中水の中

青森県・木崎野小学校三年　倉持　孝章

かぜひいた私の声は腹話術

青森県・福田小学校五年　石橋　望美

稲刈りを晴れた天気が味方する
　　秋田県・協和町立荒川小学校五年　田端　拓也

春の風すべりだいからおりてくる
　　東京都・練馬区立橋戸小学校六年　西山　政俊

トンボ来る公式覚える教室に
　　富山県・下関小学校五年　高橋　剛史

おばあちゃん先生にしてちまきまく

鳥取県・船岡小学校五年　内田　里美

雪が降る飼育のうさぎ心配だ

富山県・氷見市立上余川小学校六年　的場　聖子

タンポポのわたげがひらりたびに出た

沖縄県（宮古）・久松小学校四年　洲鎌　成子

つくしがねかぞくみたいにならんでる

愛媛県・八幡浜市立松蔭小学校一年　井上　翔太

かあさんとゆずゆにはいってぽっかぽか

愛媛県・出海小学校二年　宮田　力

ちゅうりっぷわたしないたのみてたかな

鳥取県・船岡小学校一年　岸本　のぞみ

寒くても気合いを入れてがんばるぞ

鹿児島県・野間小学校四年　大山　健志

虹のわにのってあつまるサミットに

島根県・三階小学校六年　山本　真美

目標は五十メートル泳ぐこと

広島県・道上小学校五年　藤原　康弘

シャボン玉世界の空へ飛んで行け

広島県・道上小学校六年　掛谷　法弘

池の中おたまじゃくしがおにごっこ

静岡県・狩野小学校五年　飯田　明日香

あかとんぼおもいでばかりつれていく

愛媛県・宮内小学校四年　上甲　大地郎

かたつむりあっちは雨だと急ぎ足

沖縄県（宮古）・平良第一小学校五年　上地　里佳

マフラーをぐるぐる巻きに塾へ行く

岐阜県・岐阜市立厚見小学校五年　森脇　那明

キャンプしてぼくもへんしん縄文人

石川県・真脇小学校六年　嵐　友宏

秋風といっしょに歩くぼくの影

石川県・真脇小学校六年　藤田　光基

タンポポのわたげがとんであそぶ庭

沖縄県・泡瀬小学校四年　諸喜田　真紀子

うりずんは夏のにおいを運ぶ風

沖縄県・伊是名小学校三年　西　裕之

空港で先生送る春の風

沖縄県(宮古)・久松小学校六年　洲鎌　智里

中学校の部

春風に押されて一歩前進す

宮城県・みどり台中学校二年　村山　梨佳

雨蛙雨もいっしょにはしゃいでる

宮城県・みどり台中学校二年　清水　崇等

見ちがえてスーツの姉の入学式

埼玉県・北本市立宮内中学校二年　竹内　麻里子

草餅の思い出話す母笑顔

埼玉県・北本市立宮内中学校二年　大竹　智也

校庭の芽ぶきはじめる木々達よ

埼玉県・北本市立宮内中学校一年　島田　拓弥

鉄棒のかげにかくれて芽ぶいてる

埼玉県・北本市立宮内中学校一年　高橋　みなみ

先輩の大きな背中に卒業歌

埼玉県・北本市立宮内中学校二年　樋田　希美

学校が楽しくなって春深し

埼玉県・北本市立宮内中学校二年　小川　美幸

夜桜をちょうちんごしに見ています

神奈川県・鎌倉中学校二年　秋葉　麻衣

北風が走る私をまきもどす

愛知県・安城西中学校一年　笹田　阿由美

つばめ来るどんどん海が広くなる

愛知県・安城西中学校二年　石倉　由佳

冬銀河三日月行きの汽車が来る

愛知県・安城西中学校二年　石川　真太郎

梅咲いて母との会話多くなる

愛知県・安城西中学校一年　岡田　瑞紀

制服のつめえりきつし入学式

京都府・高槻中学校一年　井上　恵太

風鈴は風の音色のこもり歌

　　　　京都府・京都市桂川中学校一年　山根　秀太

東京の空すみわたるお正月

　　　　大阪府・高槻中学校一年　木村　俊也

新しき帽子のつばに風光る

　　　　大阪府・高槻中学校一年　村瀬　輝

桜咲く新しい友できるかな
大阪府・千早赤坂村立中学校一年　日下　千華

通り道わざわざ氷をわっていく
愛媛県・伊予三島市西中学校一年　千葉　啓介

森林に雪の模様がくわわった
愛媛県・伊予三島市西中学校一年　守屋　孝哉

来年もできるといいね君と花火

福岡県・能古中学校二年　平間　千里

初夏の日のやけにひんやり夜の風

鹿児島県・開聞中学校一年　住吉　麻里江

春の風わたげの子達飛び立たす

沖縄県・高嶺中学校二年　大城　寿子

汗だらけ外から帰った父の顔

沖縄県・北中城中学校一年　仲宗根　一志

衣更えタンスの匂い教室に

沖縄県・北中城中学校三年　玉城　愛菜

芭蕉布を着こなし空の青さかな

沖縄県・沖縄尚学高等付属中学校二年　金城　元気

思い出がはみだしている夏の海

沖縄県（宮古）・上野中学校三年　西里　純次

向日葵や働く母のたくましさ

沖縄県（宮古）・下地中学校二年　渡真利　由衣

先生のスーツの色も春色に

沖縄県（宮古）・下地中学校一年　岩村　なつみ

春の海潮の香りが風にのる

沖縄県(宮古)・池間中学校三年　奥平　美徳

月光を浴びて静かに波を打つ

沖縄県(宮古)・池間中学校二年　勝連　美加

高校の部

春風がやさしい気持ちにしてくれる

岩手県・盛岡市立高校二年　小山　あゆみ

太陽に真赤なトマトが恋してる

岩手県・盛岡市立高校二年　高橋　尚子

雪解けて地面が僕にほほえんだ

　　　　岩手県・岩手県立黒沢尻工業高校二年　佐々木　良志

油照りおでこのニキビ増えしかな

　　　　岩手県・岩手県立黒沢尻工業高校一年　及川　みゆき

果てしない白より白い冬の夢

　　　　岩手県・釜石商業高校二年　八幡　有美

雪解けて小川がひとつまたふえた
岩手県・遠野緑峰高校一年　菊地　一也

鯉のぼり川のながれにそうように
岩手県・釜石商業高校二年　鈴木　麻衣

せんぷうきみんなの声に首をふる
岩手県・遠野緑峰高校一年　奥野　博美

寝ぼすけのまつげの先に春とまる

岩手県・一関第一高校二年　畠中　さつき

燃え出さんばかりの紅葉露にぬれ

岩手県・宮古高校二年　濱田　昌子

春休みもうすぐ僕も社会人

福島県・福島県立田島高校一年　佐藤　一行

気がつけば飛んでいました春の蝿

福島県・福島県立田島高校一年　鈴木　規子

嬉しいがやっぱりヒマな春休み

福島県・福島県立田島高校一年　湯田　美穂

枝豆はたまにいるんだ四つ子ちゃん

東京都・桜ヶ丘女子高校一年　武田　咲

寒い朝パン屋の前はいい匂い
大阪府・泉北高校二年　北野　舞

菜の花の咲きみだれたる昼の月
愛媛県・愛媛県立伯方高校二年　山本　麻衣

砂浜に風があつまる桜貝
愛媛県・愛媛県立伯方高校二年　赤瀬　瑠伊

かごかかえ会話もはずむ茶摘みかな

熊本県・尚絅高校一年　森　あざみ

浴衣着て私の心も花模様

熊本県・尚絅高校一年　小郷　優希

うぐいすの歌のけいこで目を覚ます

鹿児島県・南種子高校二年　高田　幸子

お別れと出会いのつまった桜の木

鹿児島県・南種子高校一年　加納　麻衣

湧水の盛り上がりたり草の陰

福岡県・田川高校二年　宮本　孝子

クロアリがゴリラのごとく虫運ぶ

沖縄県・北谷高校二年　金城　彰太

日向ぼっこ母のぬくもり探してる

　　　　　沖縄県・沖縄女子学園三年　上原　桜花

卒業式ほほの涙に感謝あり

　　　　　沖縄県・那覇高校二年　下地　雅之

夏休み終わって一つ空いた席

　　　　　沖縄県・コザ高校一年　崎山　昌宏

蟻をよけうさぎのような女の子

沖縄県・那覇高校一年　瀬良垣　彰子

流れ星海底めざし冒険中

沖縄県・中部工業高校二年　石川　悟

大木を抱いて語ろう夏の夢

沖縄県・中部工業高校二年　仲宗根　浩之

ガジュマルの月の隠れ家木(キジムナー)の精

沖縄県・中部工業高校二年　蔵根　剛

カマキリよ風に呼ばれて雲を切る

沖縄県・中部工業高校二年　松田　将吾

足音が近づいてくる春の空

沖縄県・コザ高校一年　山城　光生

流れ星みんなが祈り去ってゆく

沖縄県・コザ高校一年　伊禮　優

渡り鳥気持ちそろえて飛んでゆく

沖縄県・沖縄尚学高校二年　当山　加奈子

開花予報聞くより先に咲く桜

沖縄県（宮古）・宮古高校一年　下地　雅也

大空のはるかかなたに架けるにじ

沖縄県(宮古)・宮古高校一年　荷川取　直樹

ガラス越し手を振る姿揚羽蝶

沖縄県(宮古)・宮古高校二年　下地　博喜

沖縄ででっかいおまつりはじまるぜ

沖縄県(宮古)・宮古農林高校二年　砂川　直美

キビ畑子供の声が風のよう

沖縄県(宮古)・宮古農林高校一年　上地　明菜

青空へぐんぐんのびるさとうきび

沖縄県(宮古)・宮古農林高校一年　渡真利　明菜

気がつけばきびの背こえた夏休み

沖縄県(宮古)・宮古高校一年　下地　真実

思い出のつまったアルバム桜散る

沖縄県(宮古)・翔南高校一年　上里　由香里

Rauchende Münder
am Ofen eines Cafes.
Zugvögel fliehen.
Nina Brunner (17)
(Thomas-Mann-Gymnasium, Stutensee)

　　　　タバコをくわえた口がいくつも
　　　　カフェーのストーブに集まっている
　　　　渡り鳥が逃げてゆく
　　　　　　　　　　　ニナ・ブルナー　17才
　　　　　　トーマス・マン高校，シュトゥテンゼー市

Summende Biene
sucht Süße in Kirschblüten.
Ich muß noch warten.
Julia Lehmann (16)
(Thomas-Mann-Gymnasium, Stutensee)

　　　　ぶんぶんと蜂が
　　　　桜の花の甘みを探している
　　　　私はまだ待たなくては
　　　　　　　　　　　ユリア・レーマン　16才
　　　　　　トーマス・マン高校，シュトゥテンゼー市

Vom Wind getragen
fliegt der Hut zum Herbstlaubbaum -
verschwunden er ist.
Martin Voigt (16)
(Camille-Claudel-Oberschule, Berlin)

　　　　風に乗って
　　　　帽子が秋の木にとんでいく
　　　　消えてしまった
　　　　　　　　　　　マルチン・フォイクト　16才
　　　　　　　カミル・クロデル高校，ベルリン市

Wie ein zarter Kuss
berührte Schnee warme Haut
in einsamer Nacht.
Pauline Witt(*15*)
(*Camille-Claudel-Oberschule, Berlin*)
　　　　やさしいキスのように
　　　　雪があたたかい肌にふれた
　　　　孤独な夜に
　　　　　　　　パウリーネ・ヴィット　15才
　　　　　　カミル・クロデル高校，ベルリン市

Die Schneelandschaft.
Fern von der Heimat
denk' ich an meine Mutter.
Nguyen thi Huong(*18*)
(*Camille-Claudel-Oberschule, Berlin*)
　　　　雪景色
　　　　故郷遠く
　　　　母思う
　　　　　　　　グュエン・ティ・ホン　18才
　　　　　　カミル・クロデル高校，ベルリン市

Lang vermisstes Lied
klingt von grünen Hügeln her:
Endlich ist Frühling.
Ariane Barbara Grabow(*19*)
(*Gustav-Stressemann-Gymnasium, Fellbach*)
　　　　長い間待っていた歌が
　　　　緑の丘から響いてくる
　　　　やっと春だ
　　　　　　アリアーネ・バルバラ・グラボー　19才
　　　　グスタフ・シュトレースマン高校，フェルバッハ市

Im klaren Wasser
so wunderschön sich spiegelt
das Gold der Blätter.
Angelika Feldmann (15)
(Gustav-Stressemann-Gymnasium, Fellbach)

　　　　すんだ水に
　　　　素晴らしく映る
　　　　黄金の木の葉
アンゲリカ・フェルトマン15才
グスタフ・シュトレースマン高校，フェルバッハ市

In dunkler Stille
liegt sie da-die Winternacht,
mit Flocken geschmückt.
Therese Hofemann (15)
(Camille-Claudel-Oberschule, Berlin)

　　　　暗い静けさの中に
　　　　冬の夜が横たわっている
　　　　雪片の飾られて
テレーゼ・ホーフェマン15才
カミル・クロデル高校，ベルリン市

Sie dringt durchs Fenster
zum geschlossenen Auge -
die Frühlingssonne.
Franziska Schuierer (16)
(Von-Müller-Gymnasium, Regensburg)

　　　　窓を通し
　　　　閉ざした目にさし込む
　　　　春の太陽
フランチィスカ・シーラー16才
フォン・ミュラー高校，レーゲンズブルク市

An einem Sandstrand
erzählt das Meer Geschichten
von Sommertagen.
Nicole Schmidt(16)
(*Gustav-Heinemann-Oberschule, Berlin*)
　　　　砂浜で
　　　　海が語っている
　　　　夏の日々のことを
　　　　　　　　　　ニコル・シュミット　16才
　　　　　　　グスタフ・ハイネマン高校，ベルリン市

Ich fühle wie sie kitzelt.
Wärme streichelt das Gesicht.
Die Strahlen spielen Fangen.
Pia Katharine Rolli(14)
(*Thomas-Mann-Gymnasium, Stutensee*)
　　　　私をくすぐり
　　　　顔をあたたかくなでてゆく
　　　　日光とおにごっこ
　　　　　　　　　　ピア・カタリナ・ロリー　14才
　　　　　　　トーマス・マン高校，シュトゥテンゼー市

Der Frühling kommt früh
am schönen Montagmorgen -
auch im Fabrikhof.
Simone Gemmles(14)
(*Elly-Heuss-Knapp-Gymnasium, Heilbronn*)
　　　　春が早く来る
　　　　美しい月曜日の朝
　　　　工場の広場にも
　　　　　　　　　　シモーネ・ゲムレス　14才
　　　　　　　エリー・ホイス・クナップ高校，ハイルブロン市

Ich esse Kirschen,
dann spuck ich die Kerne aus -
auf mein weißes Shirt.
Tobias Fröscher (13)
(Elly-Heuss-Knapp-Gymnasium, Heilbronn)

　　　　さくらんぼを食べ
　　　　種をはき出す
　　　　僕の白いシャツに
　　　　　　　　　トビアス・フレッシャー　13才
　　　　　エリー・ホイス・クナップ高校，ハイルブロン市

Der Schnee fällt leise.
Ein Kind baut einen Schneemann -
und er schläft allein.
Jens Michael Starz (13)
(Elly-Heuss-Knapp-Gymnasium, Heilbronn)

　　　　雪が静かに降る
　　　　子供が雪だるまを作る
　　　　雪だるまは一人でねむる
　　　　　　イエンス・ミカエル・シュタルツ　13才
　　　　　エリー・ホイス・クナップ高校，ハイルブロン市

Oh, der starke Wind!
Er lässt die Blätter tanzen
zu seiner Musik.
Nadine Lobbes (14)
(Theodor-W.-Adorno-Schule, Elze)

　　　　木枯らしだ
　　　　風は木の葉を踊らせる
　　　　その音楽に乗せて
　　　　　　　　　ナディーネ・ロベス　14才
　　　　　　テオドル・W・アドルノ学校，エルツ市

Der Winter malt still
Eiskristalle am Fenster -
fast wie ein Vorhang.
Jennifer Schridde (14)
(*Gymnsium Sarstedt, Sarstedt*)

　　　　冬は静かに
　　　　氷の結晶を窓に描く
　　　　まるでカーテンのように
　　　　　　　　ジェニファー・シュリッデ　14才
　　　　　サールシュテット高校，ザールシュテット市

Die Sonnenstrahlen
kitzeln die Kindernasen
am Frülingsmorgen.
Katharine Boguslawski (13)
(*Gustav-Stressemann-Gymnasium, Fellbach*)

　　　　太陽の光線が
　　　　子供の鼻先をくすぐっている
　　　　春の朝
　　　　　　　　カタリーネ・ボグスアフスキー　13才
　　　　グスタフ・シュトレースマン高校，フェルバッハ市

An allen Schulen
wartet jeder schon darauf!
Hiltzefrei!-Nach Haus!
Ludmila Fraia (14)
(*Gustav-Stressemann-Gymnasium, Fellbach*)

　　　　どこの学校でも
　　　　皆待っている
　　　　暑気休みだ！家へ帰ろう！
　　　　　　　　　ルドミラ・フライア　14才
　　　　グスタフ・シュトレースマン高校，フェルバッハ市

Ein leichter Lufthauch
weht Blütenduft herüber.
Wir halten inne.
Adrian Opitz (14)
(Gymnasium Ottobrunn, Ottobrunn)

　　　　かすかな空気の動きが
　　　　花の香を送ってくる
　　　　私達は静止する
　　　　　　　　　アドリアン・オピツ　14才
　　　　　　　オットーブルン高校，オットーブルン市

Es glitzert so schön
auf Tulpen und Narzissen.
Der Frühlingsregen.
Mana Montazer (13)
(Gymnasium Ottobrunn, Ottobrunn)

　　　　チューリップや水仙の上で
　　　　美しく光っている
　　　　春の雨
　　　　　　　　　マナ・モンタザー　13才
　　　　　　　オットーブルン高校，オットーブルン市

Grillen zirpen laut -
sonst ist es still in der Nacht.
Ein schönes Konzert.
Ludwig Gerdeißen (14)
(Gymnasium Ottobrunn, Ottobrunn)

　　　　こおろぎが大きな声で鳴いている
　　　　その他は静かな夜
　　　　素敵なコンサート
　　　　　　　ルートビッヒ・ゲルトアイセン　14才
　　　　　　　オットーブルン高校，オットーブルン市

Salzige Perlen
rinnen über heiße Haut -
stürzende Wellen.
Julia Butler (14)
(Max-Born-Gymnasium, Germering)

　　　塩の水玉が
　　　熱いはだの上を流れる
　　　おしよせる波
　　　　　　　　　　ユリア・ブトラー　14才
　　　　　　　マックス・ボルン高校.　ゲルマリング市

Tausende Lichter,
verlockender Tannenduft -
das Fest kommt näher.
Alexandra Krumrei (13)
(Gustav-Heinemann-Oberschule, Berlin)

　　　数千の灯
　　　魅力的なもみの香り
　　　祝祭が近づいた
　　　　　　　　アレクサンドラ・クルムライ　13才
　　　　　　　グスタフ・ハイネマン高校.　ベルリン市

Im Park die Enten
quaken aufgeregt umher,
sehen sie mein Brot.
Nicolas Daniel Enders (7)
(Ikebana-Schule-Karin Enders, Frankfurt a.M.)

　　　公園の鴨が
　　　ガァーガァーと騒がしく鳴く
　　　僕のパンを見て
　　　　　　　　ニコラス・ダニエル・エンダース　7才
　　　　　　　生け花学校K・エンダース.　フランクフルト市

Mit heulendem Ton
jagt der Frühlingswind mein Hemd -
und meine Hose.
Lisa Friesenbichler (*9*)
(*Anna-Schmidt-Schule, Frankfurt a.M.*)
　　　　うなりながら
　　　　春の風が私のシャツと
　　　　ズボンを追いまわす
　　　　　　　リザ・フリーゼンビッヒラー　9才
　　　アナ・シュミット学校，フランクフルト市

Ein Schatten im Gras:
Oh, wie schön ein Osterhas!
Eins, zwei, drei Eier.
Nana Urbainsky (*9*)
(*Anna-Schmidt-Schule, Frankfurt a.M.*)
　　　　草の中の影
　　　　まあ素敵イースターのうさぎ
　　　　一、二、三つ玉子
　　　　　　　　ナナ・ウルバインスキー　9才
　　　アナ・シュミット学校，フランクフルト市

Welkes Blatt fällt ab
von dem großen Eichenbaum.
Nebel zieht herauf.
Stephanie Polze (*9*)
(*Grundschule Altstadt Vorsfelde, Wolfsburg*)
　　　　しおれた葉が
　　　　大きなかしわの木から落ちる
　　　　霧がたつ
　　　　　　　　シュテファニー・ポルツェ　9才
　　　アルトシュタット・フォアスフェルデ小学校　ヴォルフスブルク市

Schnee fällt vom Himmel.
Plätzchen duften im Ofen.
Es wird Weihnachten.
Alina Weber (*10*)
(*Grundschulde Altstadt Vorsfelde, Wolfsburg*)
  空から雪が降る
  オーブンからはクッキーのよいにおい
  じきにクリスマス
アリナ・ヴェーバー10才
アルトシュタット・フォアスフェルト小学校　ヴォルフスブルク市

Frau Holle hat frei.
Die Vögel kommen wieder.
Sie bauen Nester.
Timo Schubert (*10*)
(*Grundschule Altstadt Vorsfelde, Wolfsburg*)
  ホレおばさんは休暇だ
  又鳥が来て
  巣をつくってる
ティモ・シューベルト10才
アルトシュタット・フォアスフェルト小学校　ヴォルフスブルク市

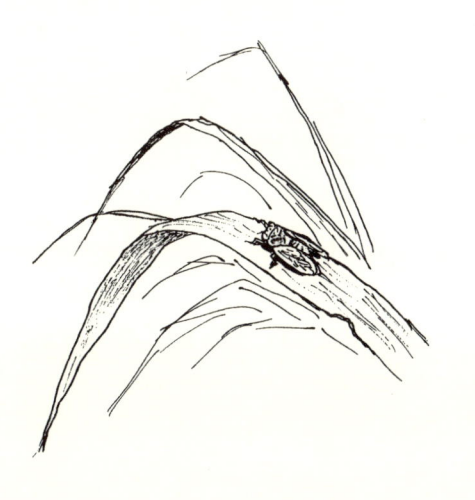

佳作

幼稚園の部

ひまわりのようにあかちゃんすくすくそだってね
宮城県・六郷幼稚園六歳　まつむら　けんと

はるにはねとりもいっぱいあそんでる
山口県・さゆり幼稚園六歳　くろさわ　かずあき

はとぽっぽぱたぱたぱたたのしそう
山口県・真珠幼稚園五歳　ながやま　ももこ

ぐんぐんとのびてきたよチューリップ

徳島県・ひかり保育園　とらお　ようすけ

ひまわりはようちえんにねさいているよ

福岡県・ひまわり幼稚園六歳　たかの　ひろあき

おひなさまあしがいたいとゆめのなか

沖縄県・那覇市立城東幼稚園六歳　いまい　かつゆき

スイトピーちょうちょのようにゆれるかげ

沖縄県・上田幼稚園五歳　まえだ　あおい

ひまわりとおててつないでおともだち

沖縄県・那覇市立開南幼稚園六歳　あか　せいな

みやこにもゆきがふったらいいのにな

沖縄県（宮古）・平良市立久松幼稚園六歳　しもじ　ゆりえ

小学校の部

雪がふった一番さきに足あとを

北海道・沢町小学校二年　金森　千矢子

あしあとをたどっていくよゆきのなか

北海道・稚内市立抜海小学校三年　大野　愛

空高く夕日に重なる赤とんぼ

青森県・福地村立福田小学校六年　山本　芙奈美

ニュースには白いマスクがめだっている
青森県・福地村立福田小学校五年　及川　みさと

さんぽみちうめのつぼみにこんにちは
栃木県・逆川小学校二年　鈴木　梨紗

夏の海さがしてみたい星の砂
埼玉県・大宮市立桜木小学校五年　澁谷　将史

土の中まだかまだかとあまがえる
埼玉県・加須市立大越小学校四年　高橋　あゆみ

たんぽぽの目ざまし時計もう少し

埼玉県・加須市立大越小学校四年　黒川　順平

まん月よさよならをした帰り道

埼玉県・桜田小学校一年　佐々木　希衣

みやこしまいってみたいななつ休み

埼玉県・加須市立大越小学校一年　竹うち　さき子

満月にうさぎがいるってほんとかな

埼玉県・加須市立大越小学校二年　武正　倫

木々の葉もみんなの服も秋の色

埼玉県・深谷市立八基小学校四年　梁井　望美

朝起きてへやの中でも白い息

埼玉県・深谷市立八基小学校三年　新谷　明子

そよ風にいなほのじゅうたんゆれている

埼玉県・深谷市立八基小学校三年　猪野　涼助

いっしゅんで体のしんまでこごえそう

埼玉県・深谷市立八基小学校四年　笠原　夏美

くさばながはやくはやくとはるをまつ

　　　　　　　　　埼玉県・深谷市立八基小学校一年　須長　美咲

自転車で土手を走ると春の風

　　　　　　　　　埼玉県・深谷市立八基小学校五年　鈴木　祐介

目をさませ春のめざましやってきた

　　　　　　　　　埼玉県・深谷市立八基小学校四年　黒田　有里子

青嵐大工さんまでゆれている

　　　　　　　　　千葉県・九十九里町立片貝小学校六年　飯高　達矢

バラ園に近づいていくにおいです
　　　　千葉県・九十九里町立片貝小学校六年　飯田　章

うぐいすの鳴き声聞けば元気でる
　　　　千葉県・こてはし台小学校四年　林　未南実

太陽に向かいて背が伸び春の花
　　　　東京都・新島村立式根島小学校六年　西村　奈津美

春の木がこっちこっちとよんでいる
　　　　東京都・練馬区立橋戸小学校六年　芹澤　亜慧

春が来る足音風でやってきた
東京都・練馬区立橋戸小学校五年　山田　優香

ちょうじょうだ見渡す限り桜道
東京都・練馬区立橋戸小学校五年　吾妻　見夏

一直線野原めがけてアリが行く
東京都・練馬区立橋戸小学校五年　壮　竜也

かがやくよ春の夜空のその星が
東京都・練馬区立橋戸小学校五年　橘田　歩

ひな人形つくって命がうまれるよ
　　　　　　　東京都・新島村立式根島小学校三年　前田　紗羽

空の上春がそろそろ準備中
　　　　　　　東京都・練馬区立橋戸小学校六年　河野　梓

つうがくろとちゅうのばけつにこおりはり
　　　　　　　東京都・日野第二小学校五年　古厩　佳佑

ありくんがじぶんのすからとことこと
　　　　　　　東京都・日野第二小学校五年　村野　絢一

たんぽぽは仲間をふやすたびにでる
東京都・練馬区立橋戸小学校五年　金澤　栄治

うぐいすのなく声きこえる二上山
富山県・高岡市立古府小学校五年　安藤　さゆり

百メートル走入道雲まで走ってやる
富山県・高岡市立下関小学校五年　荻野　麻未

おせち料理笑い声もならんでる
富山県・高岡市立下関小学校五年　金子　裕美

水たまり光ってアメンボをまってる
富山県・高岡市立下関小学校五年　宮下　明子

白い息吐き出している登校の列
富山県・高岡市立下関小学校五年　古野　真央

ノラネコが走るサクラがちっていく
富山県・高岡市立下関小学校五年　小幡　美絵

うろこ雲映す大きな水たまり
富山県・高岡市立下関小学校五年　米島　諒

年賀状こないなわとび続けてる

富山県・高岡市立下関小学校五年　嶋田　ゆい

ブランコを占領している水たまり

富山県・高岡市立下関小学校五年　加藤　大地

スキー板ぼくをおいて走っていく

富山県・氷見市立一刎小学校四年　森　大樹

しもばしらバリバリふんで登校する

富山県・高岡市立二塚小学校四年　畠　尚美

太陽がまぶしく見える雪がっせん

富山県・氷見市立女良小学校三年　森下　恭平

ゆうぐれに春のおとずれかんじてる

富山県・戸出西部小学校四年　本江　駿人

帰り道おちばの中に虫がいた

富山県・戸出西部小学校四年　大野　絢

さむいのにむりやりおこすお母さん

富山県・氷見市立上余川小学校六年　大江　郁郎

のうさぎもえさをさがして冬じたく

石川県・能都町字真脇小学校六年　東濱　峰子

山からの落ち葉の手紙やってきた

石川県・能都町字真脇小学校五年　富田　章愛

こいのぼりかぞくそろってゆれている

石川県・珠洲市立正院小学校四年　小谷内　愛

春まだかなぴょんぴょんはねたいぼくかえる

長野県・長野市立川田小学校四年　本井　壮志

赤とんぼ夕日のかべへとんでいく
　　　長野県・塩尻市立洗馬小学校二年　内野　ふくこ

かまくらはやっとできたよこわれたよ
　　　長野県・塩尻市立洗馬小学校二年　下平　紗也華

卒業でいつものけしきさみしいよ
　　　静岡県・湯ヶ島町立狩野小学校五年　山下　拓巳

卒業でつくえと教室さようなら
　　　静岡県・湯ヶ島町立狩野小学校五年　堀江　将太

からっぽだちさみしくなったつばめのす

静岡県・湯ヶ島町立狩野小学校三年　土屋　直樹

おちばにもしもがおりたよ通学路

愛知県・豊田市立上鷹見小学校三年　渡辺　千絵

運動会風におされて一等しょう

愛知県・安城中部小学校三年　三浦　詩緒里

出て来いとつくしの原をネコがほる

滋賀県・甲西町立水戸小学校六年　木村　恵夢

秋風が背中をひとおし進む道

滋賀県・伊吹町立春照小学校五年　奥村　公康

キラキラと太陽あたる雪野原

滋賀県・伊吹町立春照小学校五年　池田　暖美

山そまる秋だけ使う赤えのぐ

滋賀県・伊吹町立春照小学校五年　小嶋　涼司

悲しげな光を放つ冬の星

滋賀県・大津市立平野小学校六年　五十嵐　理人

風鈴の音に耳とまる午後の風

大阪府・田尻小学校六年　鈴木　栄里佳

お日さまをはじいてきえたしゃぼんだま

兵庫県・甲南小学校二年　三村　育子

桜咲きあまいかおりが庭つつむ

兵庫県・芦屋市立浜風小学校六年　尾村　真衣

ねぎ刻む音でわかる母か姉

鳥取県・船岡小学校六年　北尾　大樹

いろいろな景色をうつす大氷柱
鳥取県・船岡小学校五年　鈴木　隼人

大好きなばあちゃんの墓きくの花
鳥取県・船岡小学校五年　中塚　友佳里

氷ノ山つららはなんと二メートル
鳥取県・船岡小学校四年　中原　佳栄

おとうととわくわくするよいちごがいい
鳥取県・船岡小学校一年　小谷　美紗

春の風サラサラかみをなでていく

広島県・神辺町立道上小学校六年　江本　祥

しまとしまつなぐフェリーに春の風

徳島県・助任小学校二年　水田　佳那

さくら草みんなでそわそわはなしてる

徳島県・川内北小学校二年　近藤　くるみ

はるになり虫がでてきたこんにちは

徳島県・富田小学校五年　鳥山　実咲

このかかし男か女かわからない

香川県・土庄町立四海小学校三年　笠松　逸平

はるのかぜあねをおくるよとうきょうへ

愛媛県・保内町立宮内小学校二年　こうの　なつよ

おとうとのとばすひこうきはるのそら

愛媛県・保内町立宮内小学校一年　宇都宮　舞

チューリップ中をのぞけば人の顔

愛媛県・保内町立宮内小学校四年　河野　愛奈

母さんといっしょにかざったおひなさま

愛媛県・八幡市立松陰小学校一年　野本　陽子

冬休みぼくがやるよとお手伝い

福岡県・北九州市立医生丘小学校五年　小田　将太

春の海夜明けの空に船出する

熊本県・佐敷小学校五年　城戸　美智子

浴衣着てわたし幾才にみえるかな

大分県・大分市立横瀬小学校六年　野仲　智香

細い雨耳をすますと春の音

大分県・大分市立横瀬小学校四年　土屋　紫音

木せいの香る参観日母来てる

大分県・大分市立横瀬小学校五年　矢野　かおり

元日のあいさつ少しはずかしい

大分県・大分市立横瀬小学校三年　竹内　知世

北風を背にうけみんなかたまった

鹿児島県・川辺町立高田小学校四年　五反田　大地

さむい日は外でいっぱいあそぼうよ

　　　　　　　　　鹿児島県・松元小学校三年　篠原　亜惟

どんぐりはころころおちて一人旅

　　　　　　　　　鹿児島県・中種子町立野間小学校五年　日高　裕太

春のかぜきもちよすぎてねむくなる

　　　　　　　　　鹿児島県・松元小学校三年　元山　理恵

コスモスの畑がゆれて踊ってる

　　　　　　　　　沖縄県・泡瀬小学校五年　東　優奈

雨あがり親子で歩くかたつむり

沖縄県・沖縄市立北見小学校五年　呉屋　翔太

たんぽぽがたびに出るころひがくれる

沖縄県（宮古）・久松小学校三年　西田　和歌子

おとうさん大きな手だねあたたかい

沖縄県（宮古）・久松小学校一年　上原　大樹

黒板に問題残る春の午後

沖縄県（宮古）・久松小学校五年　池村　悠賀

卒業の思い出のこしさっていく

　　沖縄県（宮古）・久松小学校五年　棚原　達樹

とれたての野菜ほおばる春の朝

　　沖縄県（宮古）・平良市立池間小学校三年　濱川　和樹

春の庭空がおちたよさかあがり

　　沖縄県（宮古）平良市立東小学校二年　新垣　貴志

大空にすいこまれそう夏の雲

　　沖縄県（宮古）・平良市立第一小学校五年　下地　啓喜

中学校の部

春の風わたしの心を染めていく
宮城県・名取市立みどり台中学校二年　伊藤　明子

雨あがり虹はどこまで続いてる
宮城県・名取市立みどり台中学校二年　柴田　真希

三年間早送りする卒業式
宮城県・名取市立みどり台中学校二年　田口　亜紀

水面に映った月をすくいとる

宮城県・名取市立みどり台中学校二年　阿部　玲佳

しかせんべいあげるぼくの手冷たい手

埼玉県・北本市立宮内中学校二年　小林　誠

マフラーをきれいに巻いてさあ出発

埼玉県・北本市立宮内中学校二年　志村　侑紀

美術館出るとまぶしい秋の空

埼玉県・北本市立宮内中学校二年　堀口　恵弥子

秋の空届きそうだよ五重の塔

　　　埼玉県・北本市立宮内中学校二年　増本　達哉

清水の舞台飛び交う吹雪かな

　　　埼玉県・北本市立宮内中学校二年　宮本　裕美

粉雪にまぎれて歩く奈良公園

　　　埼玉県・北本市立宮内中学校二年　横塚　翔一

街灯に照らされ桜の花光る

　　　埼玉県・北本市立宮内中学校二年　村田　英梨子

校舎まで春の日ざしが重なって

埼玉県・北本市立宮内中学校一年　島貫　友輔

太陽と秋風輝く東京湾

埼玉県・北本市立宮内中学校二年　塩谷　美沙子

ビルの影ひくい空から渡り鳥

埼玉県・北本市立宮内中学校二年　佐々木　幸子

春の風朝礼台をふきぬける

埼玉県・北本市立宮内中学校一年　楠美　哲夫

さえずりがひびくいつもの通学路
埼玉県・北本市立宮内中学校一年　小鹿　真由子

先生が青空みあげる春の風
埼玉県・北本市立宮内中学校二年　福島　和彦

春の空飛行機雲が絵をかいた
埼玉県・北本市立宮内中学校二年　赤神　朋子

たんぽぽが踏まれるたびに立ち上がる
埼玉県・東秩父村立東秩父中学校一年　奥澤　多恵

校庭でちょっと感じる春の風
埼玉県・北本市立宮内中学校一年　菊池　久史

ゆっくりと落ち葉が落ちる歩道橋
埼玉県・北本市立宮内中学校二年　佐藤　大輝

教室のカーテンと空春の色
埼玉県・北本市立宮内中学校一年　梅原　奈津美

春風がサッカーボールの後を追う
埼玉県・北本市立宮内中学校一年　上原　麻衣子

春の空飛行機雲がのびている

埼玉県・北本市立宮内中学校一年　佐々木　優

冬の朝空気がピンと張っている

埼玉県・東秩父村立東秩父中学校一年　野口　優佳理

校庭のすみでかんじる春の風

埼玉県・北本市立宮内中学校一年　大胡　朋恵

新幹線みかんとなりへまわし合う

埼玉県・北本市立宮内中学校二年　松本　真幸

春風がサッカーゴールにシュートする

埼玉県・北本市立宮内中学校二年　大島　矢恵

卒業式涙と笑顔あふれてる

埼玉県・東秩父村立東秩父中学校二年　下河邉　貴代

春の風キラキラ光る通学路

埼玉県・東秩父村立東秩父中学校一年　渋谷　真央

トンネルをぬけたら外は吹雪かな

埼玉県・北本市立宮内中学校二年　高桑　稔

校庭に先生の笛と春の風
埼玉県・北本市立宮内中学校二年　大島　丈宜

寺のすみ白く飾りし梅の花
神奈川県・横浜国立大学附属鎌倉中二年　中西　聡美

ひまわりが僕の明日を咲かせてる
神奈川県・横浜国立大学附属鎌倉中二年　村山　亜弥

桜貝浜にとけこむ淡い色
神奈川県・横浜国立大学附属鎌倉中二年　今井　愛

春の風あらたの夢をのせてゆく
神奈川県・横浜国立大学附属鎌倉中二年　池田　さゆり

名月に色が変わりし浅間山
長野県・御代田中学校一年　水石　友紀

北風をふっとばすんだ部活動
愛知県・蒲郡市立蒲郡中学校一年　横田　純一

桜道一歩一歩が新しい
愛知県・蒲郡市立蒲郡中学校一年　三浦　小依

ぽたぽたと流れる汗が語るもの

愛知県・蒲郡市立蒲郡中学校一年　稲垣　裕美

春の月犬の散歩についてくる

愛知県・安城市立安城西中学校二年　杉浦　桃子

かまきりの鎌も借りたい庭の草

愛知県・安城市立安城西中学校二年　岩井　聡

つばめ来て家族の会話よくはずむ

愛知県・安城市立安城西中学校一年　中山　史也

山おりる入道雲に突っ込んで
愛知県・安城市立安城西中学校一年　石川　剛永

ひまわりの笑顔のような母をもつ
愛知県・安城市立安城西中学校二年　鳥居　加苗

ヒマワリを目ざして走った帰り道
愛知県・安城市立安城西中学校二年　岩井　千尋

蛙くん明日の天気雨ですか
愛知県・安城市立安城西中学校一年　平田　京介

たんぽぽの黄色が目立つ通学路

　　　　　愛知県・安城市立安城西中学校一年　平井　孝大

向日葵に負けじと私も夢を追う

　　　　　愛知県・安城市立安城西中学校一年　橋詰　加奈子

小さな夢かなうといいな冬銀河

　　　　　愛知県・安城市立安城西中学校二年　安井　のどか

北風が体にささる部活動

　　　　　愛知県・安城市立安城西中学校二年　斉藤　裕樹

太陽がギラギラ元気な夏休み

愛知県・安城市立安城西中学校二年　杉浦　万知子

空見上げ夏の星座に夢たくす

愛知県・安城市立安城西中学校二年　田里　幸夏

もみじ山赤いじゅうたんしきつめる

愛知県・安城市立安城西中学校一年　鳥居　里千子

道端に土筆の頭顔出した

滋賀県・土山町立土山中学校一年　岡田　絵里香

今年こそ春の七草食べたいな
　　　　　滋賀県・土山町立土山中学校一年　間瀬戸　勇樹

青空にさえずりの声ひびいてる
　　　　　滋賀県・土山町立土山中学校一年　前田　真教

春風が里に命を運んでく
　　　　　滋賀県・土山町立土山中学校一年　曽我　郁也

力こめ卒業証書手ににぎる
　　　　　滋賀県・竜王町立竜王中学校一年　大崎　早織

北風がぼくの体をすりぬける
　　　京都府・京都市立桂川中学校一年　金指　佑太郎

気がつけば窓の向こうは雪景色
　　　京都府・京都市立桂川中学校一年　小西　春菜

雪とけて町あふれ出す活気かな
　　　京都府・京都市立桂川中学校一年　松本　めぐみ

蕗のとうもういいかいと顔を出す
　　　京都府・京都市立桂川中学校一年　吉村　亮子

寒い時なぜかばっちゃん丸くなる

大阪府・堺市立向ヶ丘中学校二年　北野　有未

今朝も見る駅のホームのつばめの巣

兵庫県・高槻中学校二年　田中　博之

制服の折り目あたらし新入生

兵庫県・高槻中学校一年　飛嶋　信宏

大きめの制服を着て入学式

兵庫県・高槻中学校一年　木村　諒

のんびりと春を感じて散歩かな
奈良県・育英西中学校二年　戸野谷　友紀

春風が未知の香りを運んでく
奈良県・育英西中学校二年　木村　紗也佳

教室の窓開ける手に春の風
鳥取県・鳥取大学附属中学校二年　房安　博美

夏休み時計の針をとめたいな
広島県・福山市立城西中学校一年　岩田　真季

知らぬ間に冬の足音聞こえてる

愛媛県・伊予三島市立西中学校一年　村上　雅侑

雪景色中から見ると羽みたい

愛媛県・伊予三島市立西中学校二年　井川　亜衣

やさしさがつまった手あみの毛糸帽

愛媛県・伊予三島市立西中学校一年　平木　優香

冬晴れに草のしずくが光ってる

愛媛県・伊予三島市立西中学校一年　篠永　多磨美

水仙の首の方向同じとき
愛媛県・伊予三島市立西中学校一年　藤森　真理

友だちと体寄せ合う冬の空
愛媛県・伊予三島市立西中学校一年　木下　賢二

冬いちご甘い香りが部屋の中
愛媛県・伊予三島市立西中学校一年　石川　由恵

粉雪が風に吹かれて走ってる
愛媛県・伊予三島市立西中学校一年　尾崎　共美

雪積もり白い一本道走る

愛媛県・伊予三島市立西中学校一年　前川　竜賜

草原の流れに浮かぶ白き春

愛媛県・愛媛大学教育学部付属中学二年　二宮　里歌

春雷や地球儀の場所移しけり

愛媛県・愛媛大学教育学部付属中学二年　佐藤　文香

しんとしただあれもいない雪野原

愛媛県・伊予三島市立西中学校一年　淀谷　真弓

すきま風集中できない授業中　　愛媛県・伊予三島市立西中学校一年　明石　真理恵

かわいいね祖母の手作りおひなさま　　愛媛県・松前町立岡田中学校一年　大政　允

炎天下負けずに動く運動部　　福岡県・直方市立直方第一中学校二年　川島　佳代

青空にハイビスカスが似合ってる　　福岡県・直方市立直方第一中学校二年　山本　真由美

風鈴のかなでる音色夢の中

鹿児島県・知名町立知名中学校一年　渡辺　将人

みちばたにたんぽぽ一本ふまないで

鹿児島県・開聞町立開聞中学校一年　西山　清花

山の木が春一番でさわいでいる

鹿児島県・東町立獅子島中学校一年　中橋　伸明

チューリップ色とりどりにかがやく日

鹿児島県・開聞町立開聞中学校一年　徳留　信一郎

恋人が並んで歩く紅葉道

鹿児島県・開聞町立開聞中学校一年　祝迫　寛人

うぐいすが今年も来たうちの庭

鹿児島県・開聞町立開聞中学校一年　松澤　杏奈

山歩き小鳥の声につつまるる

沖縄県・国頭村立安波中学校三年　玉城　洋二

帰り道落ち葉ふみふみおにごっこ

沖縄県・南大東村立南大東中学校一年　内間　喜恵

汐干狩り家族全員どろまみれ

沖縄県・北中城中学校一年　安里　千里

まだ明けぬ朝のクイナのひびく声

沖縄県・国頭村立安波中学校二年　賀数　弥生

あたたかいふれあいの風つくろうよ

沖縄県（宮古）・平良市立北中学校一年　名嘉　恵美子

向日葵が背中を向ける反抗期

沖縄県（宮古）・上野村立上野中学校二年　池間　由理子

月光で影ふみをする子犬たち
　　　沖縄県（宮古）・上野村立上野中学校一年　川満　文乃

青い空デイゴの赤き花燃える
　　　沖縄県（宮古）・上野村立上野中学校一年　砂川　卓也

春の海夕日が一つゆれている
　　　沖縄県（宮古）・上野村立上野中学校一年　宮国　歩

風たちがかくれんぼする秋の空
　　　沖縄県（宮古）・平良市立平良中学校二年　平良　真理江

透き通る夏のにおいの潮の香よ

沖縄県（宮古）・平良市立西辺中学校一年　仲宗根　ゆかり

まだ眠いあと五分だけ冬の朝

沖縄県（宮古）・多良間村立多良間中学校二年　野里　麗望

さざ波が光をはじく夏の海

沖縄県（宮古）・平良市立池間中学校三年　仲間　靖

高校の部

家路にて西日を強く浴びる吾
青森県・三本木高校二年　皆川　恵祐

夕闇に空を遮る雁の群れ
岩手県・日本航空高校一年　本圖　洋平

日差し受け自転車走らす春の道
岩手県・盛岡市立高校二年　松島　貴子

屋根の雪雫になって垂れて行く

岩手県・盛岡市立高校二年　栗谷川　千穂

真っ白な雪にうもれた小さな芽

岩手県・盛岡市立高校二年　兼平　絵美

子供たち陽炎ふんで春を知る

岩手県・盛岡市立高校二年　熊谷　香織

青い海暑い砂浜宮古島

岩手県・盛岡市立高校二年　志村　雄大

青い空白く映えるは帰る鳥
　　　　岩手県・盛岡市立高校二年　関　春佳

渡り鳥戻ってきてね来年も
　　　　岩手県・盛岡市立高校二年　藤原　静佳

雪模様見る度変わる岩手山
　　　　岩手県・盛岡市立高校二年　石岡　裕子

会いたいよあの頃登った桜の木
　　　　岩手県・盛岡市立高校二年　天沼　友美

青い海島が見えるよ泳ぎたい
岩手県・盛岡市立高校二年　鈴木　美里

新米を見つめた祖父の顔ゆるむ
岩手県・盛岡市立高校二年　大鷲　桜子

夏休み共に学ぼう大自然
岩手県・盛岡市立高校二年　上野　純

あざやかに空気をそめる菜の花よ
岩手県・盛岡市立高校二年　榊　由紀子

たわむれに地面の霜を踏む子供

　　　　　　岩手県・盛岡市立高校二年　笹森　昭慶

夏の汗つらさ楽しさ伝えたり

　　　　　　岩手県・盛岡市立高校二年　菅野　宏行

人並に踏まれた雪も溶けにけり

　　　　　　岩手県・盛岡市立高校二年　岩井花健一

夏の海とびこむ私を抱きしめる

　　　　　　岩手県・盛岡市立高校二年　引木　芳野

春風はわたしをさそうどこまでも

岩手県・盛岡市立高校二年　泉川　未妃

あたたかく入れかわる春風の音

岩手県・盛岡市立高校二年　瀧　由香莉

雪がとけ山の小川を流れ行く

岩手県・盛岡市立高校二年　佐々木　友美

急ぐ影うつむきながら寒い道

岩手県・花泉高校二年　千葉　優理

朝起きて新聞配達息白い
岩手県・花泉高校二年　小野寺　亘

日ざしあび冬の終わりを感じる日々
岩手県・花泉高校二年　斉藤　知恵子

魚たち冬の川では時止まる
岩手県・花泉高校二年　阿倍　周

秋風が冷たく感じる帰り道
岩手県・花泉高校二年　佐藤　美緒

はばたいて故郷へ帰る白鳥よ

岩手県・花泉高校二年　佐藤　良彦

ギラギラに輝く下にはさとうきび

岩手県・花泉高校二年　皆川　知香

真夜中に人見知りする朧月

岩手県・黒沢尻工業高校一年　菊池　優太

五月晴れ野をかけまわる風達よ

岩手県・黒沢尻工業高校一年　八重樫　智恵

沖縄に行ってみたいと思う冬
　　　　　　　岩手県・釜石商業高校二年　河村　朋美

川風が夏の暑さをやわらげる
　　　　　　　岩手県・遠野緑峰高校一年　菊池　一平

深呼吸夕立過ぎの光る道
　　　　　　　岩手県・釜石商業高校二年　澤村　公美

足もとに光見つけたふきのとう
　　　　　　　岩手県・釜石商業高校二年　高橋　昭子

原っぱをたんぽぽ色の風が行く
岩手県・岩手県立宮古高校二年　濱田　晶子

雪だるま顔が泣いてるとけてゆく
福島県・田島高校一年　鈴木　仁子

ひまわりのように笑った君が好き
福島県・田島高校一年　三田　恵美

グランドの雪よ解けろと願ってる
福島県・田島高校一年　室井　裕之

押し入れから今出してよと雛人形
福島県・田島高校一年　手代木　真実

日の光負けじと燃える金盞花
福島県・田島高校一年　塩生　圭

猫の子の頭をなでる子供の手
福島県・田島高校一年　栃木　美香

自然号まもなく次は春駅です
茨城県・取手第一高校二年　水田　希

なつかしい母のぬくもり梅の里

茨城県・取手第一高校一年　浜崎　真寿味

扇子から香るにおいは祖母の愛

埼玉県・桜ヶ丘女子高校一年　浜島　美帆

鍋かこみ家族集まる冬の夜

東京都・桜ヶ丘女子高校一年　大谷　優

浴衣着て同じ夜空の夢見てる

東京都・桜ヶ丘女子高校二年　八代　京子

春光やボールは空に弧を描く

大阪府・池田高校一年　多田　純一

軒下に燕の親子戻るころ

愛媛県・伯方高校一年　赤瀬　由如

春風がぼくの体をつつんでる

愛媛県・伯方高校一年　赤瀬　清一郎

柏手を打つ足もとに藪椿

愛媛県・伯方高校二年　小林　華恵

若布刈る瀬戸の海には活気あり

愛媛県・伯方高校一年　大西　暁子

さえずりに耳も傾く散歩道

愛媛県・伯方高校二年　日浦　碧

春の風別れと出会いおとずれる

熊本県・尚絅高校一年　友田　早紀

夢咲いた喜びの中桜あり

熊本県・尚絅高校一年　堀留　好

振り向けばあの笑顔さえ月の中

熊本県・尚絅高校一年　高木　美奈子

逆立ちの梅の枝が花つけて

熊本県・尚絅高校一年　野村　あゆみ

月の下光を放つ桜かな

熊本県・尚絅高校一年　岡田　翠

カラス鳴き豊作の海刈られてく

熊本県・尚絅高校一年　小路　志穂

目をとじてかすかに聞こえる花の声

熊本県・尚絅高校一年　今村　英香

春風や新たな出会いに胸躍る

鹿児島県・南種子高校二年　上山　真美

赤とんぼ夕日とともにきえてゆく

鹿児島県・南種子高校一年　里居　みち

すず虫が悲しげに鳴く星の下

鹿児島県・南種子高校一年　古市　弥生

日のあたる祖父の作ったさとうきび

鹿児島県・南種子高校一年　中野　由佳

夕暮れ時あなたの肩に赤とんぼ

鹿児島県・南種子高校二年　羽生　香織

青い海一緒に泳いだ熱帯魚たち

沖縄県・北山高校二年　當山　望美

夏の海子供の笑いであふれてる

沖縄県・北山高校一年　新川　亜弥夏

花に風風に太陽わたしにあなた
　　　　　　　　　沖縄県・北山高校一年　森山　うた理

公園のふたりっきりのクリスマス
　　　　　　　　　沖縄県・北谷高校三年　小橋川　烈

雪合戦クラスの絆深まりけり
　　　　　　　　　沖縄県・那覇高校二年　安里　武博

春の虹妖精たちのわたり廊下
　　　　　　　　沖縄県・沖縄女子学園三年　梅川　りょう

独楽のまわる君の淋しさ知ってるよ

沖縄県・沖縄女子学園三年　鈴木　菜々子

竹馬で心の宇宙散歩する

沖縄県・沖縄女子学園三年　森田　杏樹

カーテン開ければとびこむ雪世界

沖縄県・那覇高校二年　大田　美沙

冬木立肺の奥まで木の香り

沖縄県・那覇高校二年　上原　宗之

夕に散るハイビスカスの遺言状
　　　　　　　　沖縄県・那覇高校二年　田端　浩子

集まるよハイビスカスにさそわれて
　　　　　　　　沖縄県・那覇高校二年　國吉　沙織

満月のスライス浮かべ紅茶飲む
　　　　　　　　沖縄県・那覇高校二年　比嘉　友恵

麦の風げんきだよって伝えてね
　　　　　　　　沖縄県・那覇高校二年　桃原　亜子

サミットで来た人みんな日焼け顔

沖縄県・那覇高校一年　与那覇　莉子

さくらさき笑顔のきれいな友が去る

沖縄県・那覇高校一年　上原　千春

夏祭幼き頃の肩車

沖縄県・中部工業高校二年　比嘉　剛

風待って夢を咲かせるたんぽぽたち

沖縄県・中部工業高校二年　友寄　桂太

受験生心の穴に隙間風
　　　　　沖縄県・中部工業高校二年　佐久本　正太

青空と夏をとりあう青い海
　　　　　沖縄県・中部工業高校二年　呉谷　良彰

流れ星願いはいつも届かずに
　　　　　沖縄県・中部工業高校三年　砂川　雅明

鷹の眼をつきやぶる島の海の青
　　　　　沖縄県・中部工業高校三年　許田　光

ありの巣に見とれしままに夕日影

沖縄県・沖縄尚学高校二年　宜保　菜直子

もう会えぬ涙止まらぬ夜のせみ

沖縄県・沖縄尚学高校二年　志喜屋　太一

星空にコウモリが飛ぶ初野宿

沖縄県・沖縄尚学高校二年　山川　千夏

川遊び飛び入り参加のいととんぼ

沖縄県・沖縄尚学高校二年　當眞　千寿沙

少年の涙止まらぬせみの声

沖縄県・沖縄尚学高校二年　新城　琢也

木の精といっしょに遊ぶメジロかな

沖縄県・沖縄尚学高校二年　新垣　衣代

除夜の鐘いつもとちがう二千年

沖縄県（宮古）・宮古農林高校一年　狩俣　睦美

雨の中師に見送られ卒業す

沖縄県（宮古）・宮古農林高校一年　豊見山　緑

真夜中に雨とキビとが会話する

沖縄県（宮古）・宮古農林高校一年　友利　梨絵

なつかしのあの空とおるわたり鳥

沖縄県（宮古）・宮古農林高校一年　砂川　美咲

通り雨空の向こうの虹探す

沖縄県（宮古）・翔南高校一年　根間　千夏

夏の午後大地に抱かれてひとねむり

沖縄県（宮古）・宮古高校一年　伊波　みのり

ガジュマルが小島をやさしくつつんでる
　　　　沖縄県（宮古）・宮古高校一年　根路銘　藤香

サシバ翔ぶ未来へむかって遠くまで
　　　　沖縄県（宮古）・宮古高校一年　平良　忠彦

夕やけに赤く染まった君のほほ
　　　　沖縄県（宮古）・宮古高校二年　上地　真誠

セミの声負けずおとらず笑い声
　　　　沖縄県（宮古）・宮古高校二年　佐和田　茂弘

春風にふかれて眠る授業中
　　　　沖縄県(宮古)・宮古高校二年　下里　幸司

わたり鳥世界をつなぐ鳥になろう
　　　　沖縄県(宮古)・宮古高校一年　伊集　太郎

さとうきびみんなが食べにやってくる
　　　　沖縄県(宮古)・宮古高校一年　長濱　拓未

お日さまに誘惑された若葉たち
　　　　沖縄県(宮古)・宮古高校二年　下地　奈津希

セミの声宮古中に響いてる

沖縄県(宮古)・宮古高校二年　新里　幸乃

雨あがり虹の花道わたりたい

沖縄県(宮古)・翔南高校一年　砂川　衣織

Eine Eisenbahn
fährt durch die Winterlandschaft.
Ein Pfeifen ertönt.
Kei-Oliver Giraud (15)(Thomas-Mann-Gymnasium, Stutensee)

　　　　　汽車が
　　　　　冬景色の中を走る
　　　　　汽笛が響く
　　　　カイ・オリヴァー・ジラード 15才／トーマス・マン高校，シュトゥテンゼー市

Duftende Rosen
stechen mich in den Finger.
Schmerz ist vergänglich.
Leila Nagel (16)(Thomas-Mann-Gymnasium, Stutensee)

　　　　　芳香のバラが
　　　　　私の指を刺す
　　　　　痛みは束の間
　　　　ライラ・ナーゲル 16才／トーマス・マン高校，シュトゥテンゼー市

Strahlende Schönheit
verraten die Eisblumen
an meinem Fenster.
Katharina Ufer (15)(Gymnasium Sarstedt, Sarstedt)

　　　　　きれいに輝いて
　　　　　氷の花がそっと咲く
　　　　　私の窓に
　　　　カタリーナ・ウーファー 15才／ザールシュテット高校，ザールシュテット市

Brennende Sonne
lässt das Wasser erhellen -
die Gischt verschlingt es.
Jessica Reger (15)(Elly-Heuss-Knapp-Gymnasium, Heilbronn)

　　　　　焼けつく太陽が
　　　　　水を照らす
　　　　　水しぶきにのみ
　　　　ジェシカ・レーガー 15才／エリー・ホイス・クナップ高校，ハイルブロン市

Knospen blühen weiß.
Kühler Himmel voll Pfeifen -
schon schmelzen Herzen.
Evelyn Jelasch (15)(Johann-Michael-Sailer-Gymnasium, Dillingen)
　　　　　　　　つぼみが白く開き
　　　　　　　　うすら寒い空はさえずりでいっぱい
　　　　　　　　もう心は雪どけ
　　　エベリン・ジェラシュ 15才／ヨハン・ミカエル・ザイラー高校，ディリンゲン市

Reifen Trauben gleich
versinkt die Sonne im Meer
der Sonnenblumen.
Beni Blocksdorf (16)(Gustav-Stressemann-Gymnasium, Fellbach)
　　　　　　　　熟したぶどうのように
　　　　　　　　太陽がしずんで行く
　　　　　　　　ひまわりの海の中へ
　　　ベニ・ブロックドルフ 16才／グスタフ・シュトレーセマン高校，フェルバッハ市

Völlige Stille
auf dem weiten tiefen Meer.
Nur ein kleines Boot.
Julia Fischer (15)(Max-Born-Gymnasium, Germering)
　　　　　　　　全くの静けさが
　　　　　　　　広い深い海に
　　　　　　　　小さなボートが一つ
　　　ユリア・フィッシャー 15才／マックス・ボルン高校，ゲルマリング市

Auf einem Hügel
im hellen Licht des Mondes
steht ein kleines Haus.
Veronika Migendt (15)(Max-Born-Gymnasium, Germering)
　　　　　　　　丘の上に
　　　　　　　　明るい月の光の中に
　　　　　　　　小さな家が立っている
　　　ヴェロニカ・ミゲン 15才／マックス・ボルン高校，ゲルマリング市

Die kahlen Bäume
vorm Klassenzimmerfenster -
vom Winde gedreht.
Marie Haummes (15)(Camille-Claudel-Oberschule, Berlin)

　　　　　教室の窓の前の
　　　　　枯木が
　　　　　風に曲げられている
　　　　　　　マリー・ハウメス 15才／カミル・クロデル高校，ベルリン市

Lautlos weht der Wind
und lässt die Blätter tanzen -
ganz leicht und fröhlich.
Jenny Koch (15)(Camille-Claudel-Oberschule, Berlin)

　　　　　音もなく風が吹き
　　　　　木の葉を舞わせる
　　　　　軽やかに朗らかに
　　　　　　　ジェニー・コッホ 15才／カミル・クロデル高校，ベルリン市

Pfirsiche blühen.
Die Stimme der Geliebten
schwindet gen Himmel.
Hannes Bolm (17)(Camille-Claudel-Oberschule, Berlin)

　　　　　桃の花が咲く
　　　　　恋人の声が
　　　　　空へ消えてゆく
　　　　　　　ハネス・ボルミ 17才／カミル・クロデル高校，ベルリン市

Sieh da der Frühling
und Schmetterlinge im Bauch -
vergängliche Pracht!
Christina Scheid (15)(Von-Mller-Gymnasium, Regensburg)

　　　　　ごらん春だ
　　　　　そして胸はわくわく
　　　　　つかの間の美
　　　　　　　クリスティナ・シャイト 15才／フォン・ミュラー高校，レーゲンスブルク市

Vom schmelzenden Schnee
zu bülhenden Blumen. Oh,
der Tag wird länger!
Florian Bacinski (16)(Gustav-Heinemann-Oberschule, Berlin)

溶けはじめる雪から
咲き初める花へ ああ
日が長くなる

フロリアン・バチンスキー 16才／グスタフ・ハイネマン高校，ベルリン市

Überall Asphalt,
doch auf dem Mittelstreifen -
bunte Blütenpracht.
Vivien König (15)(Gustav-Heinemann-Oberschule, Berlin)

そこいら中アスファルト
でも中央分離帯には
きれいな花

ヴィヴィアン・ケーニッヒ 15才／グスタフ・ハイネマン高校，ベルリン市

Kahl sind die Bäume,
auch die Blumen schlafen schon:
Schnee deckt sie warm zu.
Antonia Hartl (11)(Max-Born-Gymnasium, Germering)

木々は丸坊主
花ももう眠っている
雪が暖かくおおう

アントニーア・ハルトル 11才／マックス・ボルン高校、ゲルマリング市

Der Wind heult ums Haus.
Der Regen klatscht ans Fenster.
Drinnen ist es warm.
Hannes Rau (14)(Elly-Heuss-Knapp-Gymansium, Heilbronn)

家のまわりを風が音を立てて吹く
雨が窓をたたく
中は暖かい

ハネス・ラウ 14才／エリー・ホイス・クナップ高校，ハイルブロン市

Die Kirschblüten sind
im Frühjahr noch duftend weiß.
Leider regnet es.
Daniel Wolf (13)(Elly-Heuss-Knapp-Gymnasium, Heilbronn)

　　　　　　　桜の花は
　　　　　　　春に白く香る
　　　　　　　残念ながら雨が降る
　　　　ダニエル・ヴォルフ 13才／エリー・ホイス・クナップ高校、ハイルブロン市

Der Sommer ist warm.
Das Schwimmbad ist überfüllt
Blop; wo ist mein Eis?
Lea Kendall (13)(Elly-Heuss-Knapp-Gymnasium, Heilbronn)

　　　　　　　夏が来た
　　　　　　　プールは超満員
　　　　　　　アッ！私のアイスクリームはどこ？
　　　　レエア・ケンダル 13才／エリー・ホイス・クナップ高校、ハイルブロン市

Laternen laufen
in kalten Wintertagen -
ich kaufe eine.
Patrick Pohl (13)(Elly-Heuss-Knapp-Gymnasium, Heilbronn)

　　　　　　　ちょうちんが走ってゆく
　　　　　　　寒い冬の日に
　　　　　　　僕は一つ買おう
　　　　パトリック・ポール 13才／エリー・ホイス・クナップ高校、ハイルブロン市

Draußen hat's Nebel.
Straßenlaternen sind an -
wir essen Nüsse.
Helena Herz (14)(Elly-Heuss-Knapp-Gymnasium, Heilbronn)

　　　　　　　外は霧
　　　　　　　街灯がつく
　　　　　　　私達はクルミを食べる
　　　　ヘレナ・ヘルツ 14才／エリー・ホイス・クナップ高校、ハイルブロン市

Im tiefen Nebel -
er ist so dicht wie Suppe,
auch in meinem Kopf.
Dominik Pfaff (13)(Elly-Heuss-Knapp-Gymnasium, Heilbronn)
　　　　　深い霧
　　　　　スープのようにこい霧だ
　　　　　僕の頭ももうもうとしている
　　　ドミニク・プファフ 13才／エリー・ホイス・クナップ高校、ハイルブロン市

Drachen fliegen hoch.
Wir halten sie in der Hand -
jetzt fliegen wir auch
Sven Riecker (13)(Elly-Heuss-Knapp-Gymnasium, Heilbronn)
　　　　　凧が高くとんでいる
　　　　　僕達は凧（糸）をにぎる
　　　　　今僕達は一緒にとんでいる
　　　スヴェン・リーケル 13才／エリー・ホイス・クナップ高校、ハイルブロン市

Der Narzissenduft -
er schwebt durch jede Nase.
Ich möchte niesen
Willi Heinz (13)(Elly-Heuss-Knapp-Gymansium, Heilbronn)
　　　　　水仙の香りが
　　　　　鼻に流れこんでくる
　　　　　僕はくしゃみが出そう
　　　ヴィリー・ハインツ 13才／エリー・ホイス・クナップ高校、ハイルブロン市

Die Drachen, wie schön -
der Herbstwind zieht sie hoch
und mich mit dazu.
Helmut Wolff (13)(Elly-Heuss-Knapp-Gymnasium, Heilbronn)
　　　　　凧、何と美しく
　　　　　秋風がそれを高くひっぱっていくことか
　　　　　そして僕も一緒に
　　　ヘルムート・ヴォルフ 13才／エリー・ホイス・クナップ高校、ハイルブロン市

Kätzchen wiegen sich
im Winde - Moos fängt den Tau.
Erster Sonnenstrahl.
Sebastian Rothe (12)(Theodor-W.-Adorno-Schule, Elze)

   猫柳が風に揺れ
   苔が露を含んで
   最初の陽の光

  セバスチャン・ローテ 12才／テオドル・W・アドルノ学校、エルツ市

Fisch draußen im Meer
hell, leuchtend, glitzernd und schön.
Tod im Fischfangnetz.
Sarah Kinzinger (14)(Elly-Heuss-Knapp-Gymnasium, Heilbronn)

   海の中の魚
   明るく光り輝く美しさ
   網の中の死

  サラ・キンチンゲル 14才／エリー・ホイス・クナップ高校、ハイルブロン市

Ein silbernes Netz
webt die Spinne still und leis
mitten im Geäst.
Belinda Buyer (14)(Elly-Heuss-Knapp-Gymnasium, Heilbronn)

   銀色の網を
   くもが静かに音もなく織っている
   枝の中に

  ベリンダ・ブイエル 14才／エリー・ホイス・クナップ高校、ハイルブロン市

Auf dem hohen Baum
eine kleine Wespe fein.
Sie frisst die Birne.
Florian Sanwald (14)(Elly-Heuss-Knapp-Gymnasium, Heilbronn)

   高い木の上に
   小さな蜂が
   なしをたべている

  フロリアン・ザンヴァルト 14才／エリー・ホイス・クナップ高校、ハイルブロン市

Blätter rot und gelb,
getrieben von dem Winde,
färben die Natur.
Vanessa Morin (14)(Gymnasium Ottobrunn, Ottobrunn)
　　　　赤や黄の葉が
　　　　風に咲き流され
　　　　自然を色どる
　　　　ヴァネッサ・モーリン 14才／オットーブルン高校、オットーブルン市

Raketen zischen.
Kinder jagen Böller hoch.
Bald beginnt Neujahr.
Adrian Opitz (14)(Gymnasium Ottobrunn, Ottobrunn)
　　　　打ち上花火が音をたて
　　　　子供は爆竹をならす
　　　　じきに新年がはじまる
　　　　アドリアン・オピッツ 14才／オットーブルン高校、オットーブルン市

Klirrende Kälte.
Im Ofen brutzeln Bratäpfel -
drinnen ist es warm.
Monika Himmelberg (14)(Stdt. Thomas-Mann-Gymnasium, München)
　　　　凍るような寒さ
　　　　オーブンには焼きリンゴが焼かれてる
　　　　家の中は暖かい
　　　　モニカ・ヒンメルベルク 14才／トーマス・マン市立高校、ミュンヘン市

Der Sonnenstrahl schien
mir ins Gesicht, als ich auf-
stand, mich zu waschen.
Massimiliano Manzo(11)(Städt. Thomas-Mann-Gymnasium, München)
　　　　太陽の光が
　　　　顔に射した　起きて
　　　　顔を洗おうとした時
　　　　マシミリアーノ・マンツォー 11才／トーマス・マン市立高校、ミュンヘン市

Ein farbiger Fleck,
Hoffnung zwischen Grün und Braun -
des Winters Ende.
Veronika Gattner (13)(Städt. Thomas-Mann-Gymnasium, München)
色づいた一角
緑と茶色の中の希望
冬の終わり
ヴェロニカ・ガトナー 13才／トーマス・マン市立高校、ミュンヘン市

Die Luft ist neblig.
Der Nebel ist kalt und nass
und schweigt am Waldrand.
Katrin Kramer (13)(Städt. Thomas-Mann-Gymnasium, München)
霧が出た
霧は冷たくしめっぽく
森の端で黙している
カトリン・クラーマー 13才／トーマス・マン市立高校、ミュンヘン市

Mitten in der Stadt
zwischen breiten Fahrbahnen -
bunte Krokusse.
Nadine Mikudo (14)(Gustav-Heinemann-Oberschule, Berlin)
町のまん中の
広い車線の間に
きれいなクロッカス
ナディーネ・ミクド 14才グスタフ・ハイネマン高校、ベルリン市

Wir essen Salat;
die Sonne hat ihn gereift.
Schon ist er alle!
Josefine Bütow (12)(Gymnasium Sarstedt, Sarstedt)
レタスを食べる
お日さまが緑にしてくれた
もうからっぽ
ヨゼフィーネ・ビュトフ 12才／ザールシュテット高校、ベルリン市

Ein Rab' auf dem Dach
erkundet die große Welt
mit starrem Blicke.
Pauline Schaumann (13)(Gustav-Heinemann-Oberschule, Berlin)
　　　　一羽のカラスが屋根の上で
　　　　広い世界を偵察している
　　　　凍った様な目で
　　　　パウリーネ・シャウマン 13才／グスタフ・ハイネマン高校、ベルリン市

Sommerregen fällt.
Das Zigeunerblut in mir
tanzt zu der Musik.
Barbara Witt (13)(Max-Born-Gymnasium, Germering)
　　　　夏の雨が降る
　　　　私の中のジプシーの血が
　　　　音楽と共に踊る
　　　　バルバラ・ヴィット 13才／マックス・ボルン高校、ゲルマリング市

Der Osterhase
ist lieb und verteilt Eier -
und versteckt sie gut.
Stefan Schulz-Aanker (9)(Anna-Schmidt-Schule, Frankfurt a.M.)
　　　　イースターのうさぎは
　　　　やさしくて、玉子を配達し
　　　　上手にかくす
　　　　ステファン・シュルツ・アンケル 9才／アナ・シュミット学校、フランクフルト市

Die süßen Düfte
streifen durch die ganze Stadt.
Es riecht nach Frühling.
Clarissa Fox (8)(Anna-Schmidt-Schule, Frankfurt a.M.)
　　　　甘い香りが
　　　　町中に流れている
　　　　春のにおいだ
　　　　クラッリッサ・フォックス 8才／アナ・シュミット学校、フランクフルト市

Es zwitschert und kracht -
der Frühling mit Pracht erwacht.
Die Herzen sind froh!
Maximilian Winkler (10)(Anna Schmidt Schule, Frankfurt a.M.)

     囀りと物音！
     春がはなやかに目覚める
     心がはずむ
   マクシミリアン・ヴィンクラー 10才／アナ・シュミット学校・フランクフルト市

Der Sommer ist warm,
die Mücken fliegen im Schwarm.
Drum gehen wir heim.
Georgina Schwertner (7)(Grundschule a.d. Peslmüllerstraße, München)

     あったかい夏に
     蚊が群れをなしてとんでいる
     だから家に帰る
   ゲオルギナ・シュヴェルトナー 7才／ペスルミュラー小学校、ミュンヘン市

Zwei Spechte klopfen.
In den Bäumen sind Löcher.
Kein Schnee ist mehr da
Alexandra Frisch (7)(Grundschule a.d. Peslmüllerstraße, München)

     きつつきが二羽たっている
     木に穴がある
     雪はもうない
   アレクサンドラ・フリッシュ 7才／ペスルミュラー小学校、ミュンヘン市

Der Vogel singt schön.
Er sucht Futter in der Luft
und findet Mücken.
Barbara Bühl (6)(Grundschule a. d. Peslmüllerstraße, München)

     鳥がきれいに歌い
     空でえさを探し
     蚊を見つける
   バルバウ・ビュール 6才／ペスルミュラー小学校、ミュンヘン市

Der Hund geht mit Hut.
Der Hut ist ein Sonnenhut.
Der Hund freut sich sehr.
Bianca Frisch(7)(Grundschule a.d. Peslmüllerstraße, München)

犬が帽子かぶってる
帽子は夏帽
犬がよろこんでる

ビアンカ・フリッシュ 7才／ペスルミュラー小学校、ミュンヘン市

Wenn es Frühling wird,
schmeckt die Luft so wunderbar.
Man geht fröhlich raus.
Pia Meyer (9)(Grundschule Altstadt Vorsfelde, Wolfsburg)

春がくると
空気がとてもおいしい
朗らかに外に出る

ピア・マイヤー 9才／アルトシュタット・フォアスフェルデ小学校、ヴォルフスブルク市

Schneemänner lachen.
Wir riechen den Plätzchenduft.
Schneeflocken fallen.
Josephine Rogaß (9)(Grundschule Altstadt Vorsfelde, Wolfsburg)

雪だるまが笑い
僕達はクッキーの香りをかぐ
雪片が降る

ヨゼフィーネ・ロガス 9才／アルトシュタット・フォアスフェルデ小学校、ヴォルフスブルク市

Vogelgezwitscher
und der süße Blumenduft
ziehen durch die Luft.
Lars Heidmann (10)(Grundschule Altstadt Vorsfelde, Wolfsburg)

鳥の囀りと
甘い花の香が
空気の中を流れる

ラルス・ハイトマン 10才／アルトシュタット・フォアスフェルデ小学校、ヴォルフスブルク市

Vögel am Morgen.
Sie singen lustig davon,
dass der Frühling kommt!
Michael Täger (10)(Grundschule Altstadt Vorsfelde, Wolfsburg)

　　　朝の鳥が
　　　ゆかいに歌ってる
　　　春が来たと
ミカエル・テーゲル 10才／アルトシュタット・フォアスフェルデ小学校、ヴォルフスブルク市

Mein Kürbis ist bunt.
Die Farben passen zum Herbst –
er hat viel Warzen.
Felix Egger (10)(Städt. Thomas-Mann-Gymnasium, München)

　　　僕のかぼちゃはきれいだ
　　　秋の色にちょうど合っている
　　　たくさんいぼがある
フェリックス・エッゲル 10才／トーマス・マン市立高校、ミュンヘン市

審査員評

山田弘子 評

俳誌「円虹」で宮古の子ども達の俳句を拝見して頂くことになった。二万句の応募作品の中には形が整っていなかったり、俳句というよりは標語に近いもの、あるいは気持ちだけが先行したものなどもあったが、子どもの純粋な視線と言葉で表現した素晴らしい作品も多く選句は楽しかった。

これを機会に未来のある子どもたちがより自然と親しみながら俳句を好きになっていくととても嬉しい。

松澤昭 評

「水温む母の掌やわらかくなりし」の作品はうますぎる。脈略のつけ方などかなり熟練していないとできない。俳句の骨法本質をついてできあがっている。

まだ稚拙な作品もあるが目くじらたてる事はないと思う。俳句に親しみを持たせる、応募することが楽しいという雰囲気を子どもたちに持たせることが大事。いかに小中学校を掘り起こしていくか、若い人たちがいかに俳句に親しんでいくか、が新世紀のテーマになると思う。

まず、種を蒔くこと、自由勝手気ままにつくらせる雰囲気でやると舞台が広がると思う。

木暮剛平 評

二万句も、よく集まったと感心しています。幼・小・中・高の作品それぞれに、日ごろ私達が接している俳句とは違う感性がうかがえ、楽しく選句をさせていただきました。

「盆東風が吹いてサミットやってくる」の句は、「盆東風」という言葉が聞きなれないものでしたが、お盆のころに沖縄の俳人に問い合わせてみると、そよそよと盆東風が吹くそよ風とのこと。この句には、いよいよサミットがやってくる、という沖縄県民の期待感が表れており、たいへん面白い句だと思います。

いずれにせよ、若い人たちが自然を見て、感じたことを素直に句にしているなあという印象で、選句する私のほうが勉強をさせてい

ただいたという感じです。

稲畑汀子 評

十年程前に、甲南中学校で俳句を教えに毎週通って行ってました。生徒たちの俳句を見ながら、最初に感じたのが語彙が少ないということ。それで、どのように指導したらいいか、悩みながら進めたという経験があります。発想豊かな句を作ってほしいと指導した覚えがあります。

きょう、拝見して子どもたちも俳句に興味を持ち始めているということが感じられました。やはり、山田弘子さんがおっしゃったように標語のような季題の入っていない句もたくさんございましたし、言葉遊びになっている、かわいくいえばいいか、未熟なものもありました。しかし、松澤さんがおっしゃったように種を蒔けばいいと思います。

最初、学校に教えに行ったときは、とにかく作りなさいと子どもたちに教えてきました。そうすると無茶苦茶につくるんです。いま、大学で教えていますが、大学生は少し違いま

す。作る人はどんどんできてしょうがないんです。いろいろと子どもが育っていく段階でほんとうの俳句になっていくプロセスというものを私たちが壊してはいけないなあ、ということをものすごく思うんです。可能性の芽をつんではいけない。これは親が手伝ったんだろうとか、ね。そういうことを言われて俳句を作ることがいやになったということを聞いたことがあります。とっても子どもは上手な俳句を作るんです。本を読むことが好きだったり、句集を読むのが好きだったりしますと、それに似たような句も生まれると思いますが、このような段階を経ながら自分の俳句に到達すると思います。こうした一人ひとりの経緯を大事にして育てていかねばならないと思います。

今回、私が選んだ句の中で、これは沖縄の子どもの作品であればいいなと思った句がありました。寒いところの子どもが作った句でなければ嘘だと思った句もあります。いま拝見して名前は書いてないが、沖縄宮古島と書いてあるのに出会うと、良かったと思うわけ

です。

波の音せみの声するふるさとよ

この句は、我々の住んでいる本土とは違う、やはり沖縄の句だと思うんです。

沖縄に降らせてみたい春の雪

この作者は寒いところに住んでいなければ、と思いましたが、やはり福島の方ですね。

霜柱大地が少し背伸びする

これは大人ではこんな発想はできないと思う。寒い岩手県の方の作品です。

これからは土地に根付いた俳句を子どもたちに是非すすめていただきたいと思います。そこから自分の足下から作品を残していくことが子どもたちの感性を作っていく上ではものすごく大事であるという気がする。

選句していて、こういうところの方が作っていたらいいなあ、と考えていたら思ったとおりになっているのでとても良かったと思っています。

松崎鉄之介 評

今度のように、たくさんの子どもの俳句を見たのは初めてです。子どもらしいということを念頭において選をしたつもりです。比較的楽に選べましたが、子どもですからひまわりなどの題材が多くなっておりますので、自然と類句類想の句が多くあったように思います。このように国際交流のための句ですので、地方的な匂いが出ていれば誠によいと思いました。特に沖縄でやるので沖縄色のある句にひかれました。

特別賞作品句評

日本作品句評　山田弘子

外務大臣賞
サミットで夏の海越え世界の輪
　　　　　　　　　　嘉陽田直樹

今年七月沖縄で開催される主要国首脳会議。そして六月には宮古島で日独子ども俳句サミットがひらかれます。沖縄に世界中の目が集まり、いろんな国から人々がやって来ます。真っ青な夏の海を越えて集う人々が地球は一つと手に手を取り合う夏です。「世界の輪」は作者の祈りがこめられていると共に世界中の願いなのです。

文部大臣奨励賞
人形のふくをつくったヒヤシンス
　　　　　　　　　　井上直実

秋に埋めた球根が春の庭に芽を出し、ピンク、白、紫などのヒヤシンスが花を咲かせました。小さな花が集まって円錐形の形になるヒヤシンスは、幼い頃に遊んだ人形のドレスを思い出させます。ヒヤシンスの花の姿をしっかりと描き、詩情豊に詠まれた作品。

郵政大臣賞
きび刈りの甘い香残る父のシャツ
　　　　　　　　　　下地広敏

一日中きび畑で刈り取りの作業に精を出して帰ってきたお父さん。汗の匂いと甘いきびの匂いが作業のシャツにしみ込んでいたのです。頼もしいお父さんの匂いです。無言の中に親と子のふれあいが感じられるすばらしい作品です。

沖縄県知事賞
盆東風が吹いてサミットやってくる
　　　　　　　　　　浦崎千佳

「盆東風」というのは夏ごろ東の方から吹く季節風のことでしょう。季節風は地方によっていろいろの名前がついています。「盆東風」が吹くといよいよサミットが近づくんだという作者のサミットへの大きな期待感が季節風に託して詠まれています。

沖縄県教育長賞
水温む母の掌やわらかくなりし
　　　　　　　　　　　島本真季

万物が躍動を始める春には水も冬とは違った表情になって来ます。それを「水温む」といい、手で触れた感じというよりも目に訴える感じです。冬のあいだ、乾燥してかさかさしていたお母さんの手が何だかふわっと柔らかくなったみたい。ああ、春だなあとお母さんの掌が教えてくれたんですね。

宮古市町村会長賞
悔しさをタオルに吸わせ夏終る
　　　　　　　　　　　奥野博美

悔しさをタオルに吸わせるとはどういうことかな。タオルが吸うもの、それは水分つまり涙か汗に違いありません。作者はきっと運動の試合で惜しくも負けてしまったのでしょうか。とても悔しい思いをして思い切りタオルで汗と涙を拭ったのですね。
でも思い切り戦ったすがすがしい夏でしたね。

国際俳句交流協会賞
この蝶もわたしも地球のひとかけら
　　　　　　　　　　　柴田あゆみ

人間も動物も植物もみんな宇宙船地球号に乗っているのですね。この私も小さな蝶々もみんな地球のひとかけらなんだなと思うとき、何に対しても優しさや思いやりの気持ちが生まれるのです。
広い視野で自然をとらえた深い心の句だと思います。

日本伝統俳句協会賞
熱帯魚のぞけば見える夏の海
　　　　　　　　　　　池間　裕

普通は熱帯魚は水槽に飼われているものなのですが、宮古の海には赤や青い色の美しい熱帯魚がいっぱい泳いでいますね。この句は水槽の熱帯魚ではないかなと思いますがどうでしょう。水槽に泳ぐ熱帯魚の色が果てしない真っ青な夏の海を連想させるのではないでしょうか。「夏の海のぞけば見える熱帯魚」ではないのですから。

俳人協会賞
大試験気合を入れる納豆汁
　　　　　　　　　　阿部宏子

入学試験の朝、お母さんはだまってあつあつの納豆汁を用意してくれました。お母さんの心からの声援なのですね。元気百倍、「よしっ、がんばるぞ」と気合をいれて、試験場に向かった宏子さん。合格間違いなし。

現代俳句協会賞
陽炎の向こうに行けないもどかしさ
　　　　　　　　　　喜屋武　太

急に温かくなると、野原にも道にも屋根にもゆらゆらとかげろうが炎のように燃えはじめます。一生懸命陽炎のところへ近づこうとしてもまたあちらに離れて行きます。陽炎を追い越すのはちょっと難しそう。それを「向こうにいけないもどかしさ」という適切な言葉を使って陽炎のさまがとてもよく描けています。

ドイツ作品句評　渡辺　勝

外務大臣賞
干し草の中の暑い夜
数千の星の輝く広がり
私は遠く（未来）を嗅ぐ
　　　　　　　ヘレーネ・レーフェルト

輝く広大な星空のもと、干し草の匂いに埋もれた遥かなものへの思いを、干し草の匂いに生き生きと捉えて、未来への予感に満ちた、若者らしい作品である。

199

文部大臣奨励賞
年老いたリンゴの木が
朝焼けの輝きの中で
愛らしい花を見せている

スヴェニア・テスラー

リンゴの老木が朝焼けの中で可憐な花を見せている。その美しさと生命力に感動している作者の優しさが伝わってくる、心あたたまる句である。

郵政大臣賞
ありが一匹
穴から出てくる
世界がかわっている

クリストフ・フィッシャー

春になって穴から出てきたありが、あたりをうかがうように触覚を動かしている。少年の作者にとっても、日々見るものすべてが新たな世界の発見である。

水が血のようにたれる
もう長くは生きられない

ダニエル・リヒェル

融ける雪だるまを詠んだ作品は少なくないが、「水が血のようにたれる」という表現に、作者の鋭い感受性を感じる。

沖縄県教育長賞
ばけつ一杯の水が
庭で僕を待っている
水をひっかけるぞ

ニコラス・ダニエル・エンダース

いよいよ夏になってお庭で待望の水遊びができる。その相手はお母さん、それとも隣家の好きな女の子？

宮古市町村会長賞
クロッカスが咲く
お日様がひっこみじあんに
雪のうしろで光ってる

シモナ・グルーバー

北国のドイツにやっと遅い春が訪れる。ドイ

沖縄県知事賞
雪だるま　ぽたぽたと

ツの長く暗い冬を経験した人なら、誰でもこの句に納得してしまう。

国際俳句交流協会賞
絹のように青い夜
考えは模糊としている
夏の夜の夢
　　　　　　プリタ・グレーゼ

「絹のように青い夜」という表現に、夏の夜のロマン的な情感と想念とがよく捉えられていよう。

日本伝統俳句協会賞
心の中に光を感じる
私の前に黄色いやぶ
レンギョウ
　　　　　　ジネン・ベン・メッキ

レンギョウの射るような黄の色彩を光そのものと掴んで、物の実体の鮮やかな印象を余す所なく伝えている。

俳人協会賞
パニックになって
地平線に向かって逃げてゆく
小さな雪兎
　　　　　　カタリナ・ルーファー

広大な雪原を小さな兎が懸命になって逃げてゆく。遠景と近景、横と縦、静と動の取り合わせが巧みである。

現代俳句協会賞
何もいないのに餌をまいている
今日もまた
湖畔の老人
　　　　　　フロリアン・ル・ブラール

水鳥はいないのに、きょうもまた湖に来て餌をまいている老人の孤独な姿――それに作者は強く心惹かれている。

選を終えてみて、ハイクという詩形に挑戦したドイツの子どもたちの豊かな成果に感心した。関係者のご尽力に敬意を表したい。

審査員・協力者・協力機関名

[選　者]
　〈国内〉
　　稲畑　汀子（日本伝統俳句協会会長・審査委員長）
　　金子　兜太（現代俳句協会名誉会長）
　　松澤　　昭（現代俳句協会会長）
　　木暮　剛平（国際俳句交流協会会長）
　　松崎鉄之介（俳人協会会長）
　　山田　弘子（俳誌「円虹」主宰）
　〈ドイツ〉
　　ギュンター・クリンゲ（バイエルン独日協会名誉会長）
　　リハルト・ヴィルヘルム・ハインリヒ
　　ツェルセン・フォン・孝子（バイエルン独日協会理事）
　　渡辺　　勝（埼玉大学名誉教授）
　　竹田　賢治（神戸学院大学教授）

[協力者]
　　奥浜　善弘（大会アドバイザー）

[協力団体]
　　外務省、文部省、郵政省、ドイツ連邦共和国総領事館、独日協会連合会、日本伝統俳句協会、俳人協会、現代俳句協会、国際俳句交流協会、沖縄県、沖縄県教育委員会、宮古教育事務所、宮古市町村会、宮古市町村教育長会、宮古小学校長会、宮古中学校長会、宮古高等学校長会、宮古地区国語教育研究会、平良市文化協会、沖縄県俳句協会、沖縄俳句研究会、天荒俳句会、「WA」の会、沖縄タイムス社、琉球新報社、NHK沖縄放送局、宮古毎日新聞社、宮古新報社、宮古テレビ、宮古郵便局、麻姑山俳句会、藍の会、JTA。

あとがき

「日独子ども俳句サミット in 宮古島」の実施に当たりまして、今更ながら随分大それたことを実行に移したものだと痛感しております。われわれにはそれを行動に移すための組織やノウハウがあったわけではなく、全く無の状態からの出発でした。

ここまで漕ぎつけるには多くの方々の計り知れないご支援がありました。外務省、文部省、郵政省をはじめとする諸団体からの協力、また日本の四大俳句協会の代表（稲畑汀子、松崎鉄之介、松澤昭、木暮剛平の各先生）がそろって選者を引き受けてくださったというのも特筆すべきです。ドイツのツェルセン・フォン・孝子さんはドイツ国における俳句募集、整理、翻訳などを献身的に引き受けて下さいました。ドイツ作品の選はギュンター・クリンゲ、リハルト・ヴィルヘルム・ハインリヒ、渡辺勝、竹田賢治の各先生が担当して下さいました。また山田弘子先生には大会の立ち上げから直接関わって下さったばかりでなく、日本とドイツの橋渡し役をはじめさまざまな助言を頂いてまいりました。

またヨハネス・ブライジンガードイツ連邦共和国総領事様をはじめとする各方面の関係団体のご協力がなければとても実現できなかったと思います。奥浜善弘さんには経験に基づいた緻密な助言を頂き、大会の趣旨を見失うことなく進めることができま

した。

日本、ドイツ各地から寄せられた応募作品は二万句を越えました。これは子ども俳句への関心の高さを示すと同時に、宮古島への注目の表れでもあろうと受け止めています。

大会趣旨には「将来を担う子どもたちに自然を賛美する心を育成すると共に、日本とドイツの子どもたちの俳句を通し、宮古島が世界の子どもたちとの友好関係を広げる発信地となるよう努力していきたい」と記してあります。友好をつちかうという趣旨からも、この大会を今後も続けて欲しいという声が方々から届いており、ドイツからは特にその声が強いようです。将来は、そういう皆様方の声が生かされ、宮古島が日本全国や世界との文化交流を深める一役を担うことができればと切に願っています。

この句集はボーダーインク宮城社長の熱意がなければ誕生しなかったでしょう。ここに深く感謝申し上げる次第です。

平成十二年六月一日

日独子ども俳句サミット in 宮古島実行委員会

事務局長　池田俊男

日本とドイツの子ども俳句集

2000年6月24日　発行

編者　日独子ども俳句サミットin宮古島実行委員会
発行者　宮城正勝
発行所　ボーダーインク

〒902-0076　沖縄県那覇市与儀226-3
TEL.098(835)2777　Fax.098(835)2840
E-mail　wander@ryukyu.ne.jp

印刷所　でいご印刷

ISBN4-938923-89-0　C0095　¥1200E
© nichidoku kodomo haiku summit in miyakojima jikkouiinkai
Printed in japan